因光而来

杨健民 著

海峡出版发行集团
海峡文艺出版社

序

伍明春

纵观当下现代汉语诗歌写作版图的整体构成，福建可以说是其中最具活力的话语场域之一。这种话语活力，不仅仅体现在为数众多的年轻诗歌写作者们执着而大胆的探索上，也充分体现在一些"不服老"的"50后"诗歌写作者沉潜而坚韧的创造上。杨健民先生就是其中一位极具代表性的"50后"诗歌写作者。从这个角度说，杨健民是近年来活跃在福建当下诗歌写作现场的一位"老生代"诗人，他从一名原本主要从事文艺理论研究的资深学者华丽转身，成为一位在诗坛发出自己独特声音的诗人，体现出一种不遑多让的艺术创造力。继《拐弯的光》（2018）、《傍晚的和声》（2020）两部个人诗集之后，杨健民的第三部个人诗集《因光而来》也即将付梓。这些诗集的先后问世，无疑凸显出作者目前所处的一种非常稳健有力的创作状态。

杨健民的这部诗集弥漫着一股鲜活的"烟火气"。所谓"烟火气"，意谓诗人以丰富的诗歌想象积极介入当代生活的细部,观照此时代纷繁多变的日常事务和世道人心,并使之获得某种超越性,进而呈现为诗歌文本结构中的重要组成部分。譬如,诗人从对庸常生活细节的平静叙述开始,层层推进,展开关于生命、时间等形而上命题的思考:"靠在沙发上轻轻打了个盹 / 就到了新年。春晚还在讴歌 / 我像一枚不存在的时间,没有刻度 / 只有年龄让皱纹有了刻度和概念 / 孤单容易让人在午夜幽深中醒来 / 我说,任何审美都是布满印迹的白纸 / 我的存在一定是我的生存哲学 / 皱纹和生死会告诉你这一切 / 所有的新年祝福都是我的慰藉"(《假期九章》)。杨健民诗歌中的这种"烟火气",更集中地体现为诗人对我们所处的移动互联网时代的想象与再发现。他可以从电脑鼠标上捕捉到某种超验性力量:"那就让它饮下秋天的第一滴寂寞 / 然后告诉掌心,那个鼠标有神迹"(《疯狂的纸牌》),也可以用互联网时代特有的意象和思维重构自然世界:"总有一天,风会追回那些迈出的脚印 / 拖动雨的鼠标,沿着云的羽翼再度走来"(《楼下一双脚》),还在虚拟社交空间里探测人类情感的微妙变化:"一个人的孔雀舞还能跳到多久?微信里的一道祝福,就能撩到天亮"(《那夜,上海的雨》)。不唯如此,诗人还把敏锐目光投向孩子的世界,向我们呈现了一种堪称另类的童年形象:"他在嗅电脑。用身体里那种兴奋 / 等待鼠标指向他,引诱他变成一只猎豹 / 他的头脑藏着一个王,比谁都倨傲 / 鼻子正在修改一种莫名的程序"(《嗅电脑的孩子》），一种鲜明的代际断裂感在这里被深刻揭示，进而引发读者关于未来世界的深层思考。此外，诗人还经由特定情境的设置，思考自我与移动互联网时代如何关联这一议题。这种关联显然不像年轻互联网原住民那样和谐顺畅，而是显得多少有些不适感："深夜，我把电脑打开/键盘上匍匐着我粗糙的喘息"（《假期九章》），不过也体现了抒情主体调整姿态的努力："周末，我的呼吸开始平缓/笔记本电脑像一片水，波光粼粼/眼睛成了钓钩，垂向水底/光标就是原点，坚实然而空白"（《周末的钓钩》）。

杨健民的这部诗集也透露出一股放达的"侠客气"。这种"侠客气"首先体现在他常常从一个理论家的思想站位出发，以现代诗歌的独特语言，对现代汉诗的写作的各种艺术议题挥斥方遒、指点江山。杨健民近年的诗歌写作往往显现出非常自觉的文类意识。他的不少诗作具有"元诗写作"的意味，充分体现了他对于现代汉诗写作的深刻思考。譬如，诗人在《敲回车》一诗里这样写道："诗是一种未确定，是白天匆匆跑来的夜/难道还要让回车键再飞一会儿？春天已经默许诗的枯萎/就不要等到夏天了，干脆把诗杀掉/用一场雨去祭祀，去为它最后点一下口红/剩下的那些词语，只好背着它上路/去找一座快乐的身体"，诗人以一种诙谐幽默的叙述性语言去讨论现代汉诗写作的若干重要诗学命题，其表达路径可谓驾轻就熟、游刃有余。其次，他的诗歌文本中艺术经验和人生经验两者得到一种很好的结合,并且把它真正落实到他的诗歌文本中,体现出某种从容大气的抒情风格。特别值得注意的是,杨健民的这部诗集中反复出现一个数量词——"一座"。这个看似十分普通的数量词,与其后的特定名词组成短语,在杨健民的诗歌文本中往往被赋予某种特殊的意涵,也隐约透露出他关于现代汉诗写作艺术建构的勃勃野心。有心的读者不难发现,与这个数量词配对的名词,往往并不指向现实存在的具体、有形的事物,而是更多的是通往某种抽象色彩或象征意味,譬如"一座复杂的黑夜""一座黄昏""一座容颜""一座休止符""一座错开的美丽""一座苍茫""一座冷抒情""一座不安宁的时间""一座谎言""一座被宁静压低的呐喊""一座窍门""一座失踪的故事""一座风""一座远方""一座天涯""一座宏大的新闻""一座传奇""一座初秋""一座令人躲闪不及的漩涡",等等。这些富有陌生化效果的短语,仿佛是诗人构筑现代汉诗艺术乌托邦的砖瓦。换言之,"一座"所联结的终极名词,正是这个语言乌托邦。

杨健民的这部诗集还散发着一股醇厚的"书卷气"。杨健民的诗歌写作,一方面,和创作出经典诗歌的中外代表性诗人以及其他艺术门类的大家名家,都有一种非常好的内在的连接。二者之间构成了一种超越时空的多层次的对话关系。这点既与杨健民作为学者的深厚学养相呼应,也与他敏锐而丰富的艺术感觉密切相关。譬如,诗人从乡间极为日常的植物联想到法国诗人波德莱尔："我不禁心生寒气,脚底的风悄悄变硬/草木逐渐变得苍老,像波德莱尔的轻蔑"(《灵魂在摆渡》)。"轻蔑"一词,可谓点到了波德莱尔诗歌乃至整个西方现代诗歌的命门。保罗·策兰也是杨健民心仪的一位现代诗人,《倒影的祛魅》一诗如此写道:"策兰说,灵魂是雌蕊,天国是雄蕊/倒影的虚无,就是空无其主的玫瑰/我灵魂的山脊,终于有荡漾的波在交谈"。在这首具有浓厚哲思色彩的诗里,我们读到了两个有趣的灵魂的对谈。而对他偏爱的音乐家肖邦的作品,杨健民以茶香的深长意味来象喻:"我在肖邦的玛祖卡里等茶/等一种残缺的圆满/等一段清明前的环形山/残缺为美,留在沉默而空旷的时节/眼前的杯就像深夜里的井,回声漂浮"(《奉茶》)。此处不仅有东西方文化的交融,更有诗人和音乐家超越艺术门类界限的惺惺相惜。这种"书卷气"的一个重要表征,就是杨健民的诗歌写作已逐渐形成了自身的艺术风格,充分体现了他对于现代汉语作为文学语言的精深掌握和独到理解。杨健民近年与诗歌齐头并进的短语写作,和他的现代汉诗写作构成了一种深度的互文关系。就像当年梁实秋评价余光中的写作所说的:"右手写诗,左手写散文"。杨建民当下写作的双文类、多面向的展开,可以说与余光中颇有几分异曲同工之处。有意思的是,这部诗集中有首诗就题为《健民短语捏成诗》,诗的结尾这样写道:"没想到短语还能捏成这么多诗句/就像我看中了一片风云匆匆描过"。在杨健民笔下，诗歌和散文两种文类之间构成的良性互动，就像一场风云际会，共同凸显了作者多元的文学才华。

烟火气、侠客气和书卷气，三气合一，在杨健民这部诗集的诗歌文本中氤氲交融，从不同面向展现了作者的艺术探索和心灵探险，构成其诗歌写作的独特气息、气质和气场。

（伍明春，文学博士，现为福建师范大学文学院教授、协和学院文化产业系主任，兼任福建省美学学会会长、福建省文艺评论家协会副主席。）

目 录

第一辑　我的时间总是漏洞百出

秋分五题…………………………………………… 3

三月（组诗十首）………………………………… 5

逆旅三章…………………………………………… 11

夏日丽人…………………………………………… 16

水逆七月…………………………………………… 18

午后的沦陷………………………………………… 19

入秋三章…………………………………………… 20

那年冬天，屠雪…………………………………… 23

若有若无三章……………………………………… 24

假期九章…………………………………………… 27

春，在清明（五首）……………………………… 31

清明前一天，山是安静的………………………… 35

我的时间（三首）………………………………… 37

一些黄昏（三首）………………………………… 41

秋天，被风知道（组诗）………………………… 45

夏未消……………………………………………… 47

在寒露的目光里，秋天依然在跑……………… 49
秋天的雨很诗意，我无法颓废……………… 51
大雪急骤帖…………………………………… 53
立春，我在可能性中醒来（五首）………… 56
春天是一支喜欢跑调的曲子（四首）……… 59
我的时间总是漏洞百出……………………… 62
与芒种书（三首）…………………………… 65
海边，六月的最后一日……………………… 68
穿上旧日子，再去说小暑…………………… 70
月夜，天空有波纹漾起（三首）…………… 72
七夕，其实就是一堆缱绻…………………… 75
九月，我的声声慢…………………………… 77
中秋，我的月亮私奔了……………………… 79
入秋第一章（组诗）………………………… 82
入秋第二章（组诗）………………………… 84
入秋第三章（组诗）………………………… 87
秋不知道自己成了秋………………………… 90
哦，小雪……………………………………… 92
深夜吟………………………………………… 94
年　后………………………………………… 95
元宵词………………………………………… 97
二月二独语…………………………………… 99
格物春天（组诗）…………………………… 101
春天不被隐去………………………………… 105
牧夏（五首）………………………………… 107
七　月………………………………………… 110
七夕二题……………………………………… 111
立　冬………………………………………… 114
十论平安夜（组诗）………………………… 116

第二辑　路过的尘土没有多余

路过的尘土没有多余 ……………………… 121
乡情偶记 …………………………………… 124
漳浦三题 …………………………………… 128
榕城，一场坚硬的雨 ……………………… 131
恩施随想 …………………………………… 133
夜，断在尤溪洲大桥 ……………………… 135
埔垱十八巷 ………………………………… 137
木兰溪，我从家乡带走你 ………………… 139
永泰词 ……………………………………… 141
厦门闲篇（五首）………………………… 142
追夏的厦门（三首）……………………… 145
乡村纪事（五首）………………………… 148
故乡，我的词语长草了（组诗）………… 152
九鲤，一座有梦的湖 ……………………… 156
筼筜湖（组诗）…………………………… 158

第三辑　执灯而立

端阳二首 …………………………………… 163
今夜陪严复喝酒 …………………………… 166
少年老杨 …………………………………… 168
在论文里自娱的女博士 …………………… 170
少年，或海的夜 …………………………… 172
写给两个外孙女 …………………………… 174
妮子的杨枝甘露 …………………………… 175
久久望月的那个人，你拒绝了夜晚 ……… 177

3

三五茶友························· 179
执灯而立（三首）··················· 180
我的"海德格尔时刻"（三首）··········· 182
巡天（三首）······················ 185
端详剪纸的女人···················· 188
我是一个日落部族··················· 189
诗与诗人（二首）··················· 190
法说（三首）······················ 193
女人十章························· 196
想起米兰·昆德拉（外一首）············ 201

第四辑　茶是被喊出山外的魂

周末的钓钩······················· 205
同事的咖啡······················· 207
走　廊··························· 208
夏威夷坚果······················· 209
太　阳··························· 210
风说，你好啊····················· 211
茶叶问题························· 214
暖阳二题························· 215
折叠的世界（三首）················· 218
八月最后一天的云·················· 221
琥珀色的世界（五首）··············· 223
龙眼，龙眼······················· 226
夕阳下的一棵树···················· 227
水杉吟··························· 229
午后，随风的太阳（五首）············ 231
茶语五阕························· 234

长出情绪的太阳（三首） ……………………… 237
茶是被喊出山外的魂（五首） ………………… 239
那些两个字的片名 …………………………… 243
暮色苍茫时，长笛倏忽一过 …………………… 246
红木是这个世界最疼痛的美丽 ………………… 248
我是一滴躲雨的雨 …………………………… 251
在三十四层楼上看风（三首） ………………… 253
秋日识字三章 ………………………………… 255
茶语十首 ……………………………………… 257
茶语又十首 …………………………………… 262
歪脖子树 ……………………………………… 267
蝴蝶兰 ………………………………………… 268
平安扣 ………………………………………… 269
地上的红雨伞 ………………………………… 270
蝉　落 ………………………………………… 272
关于圆（二首） ……………………………… 273

第五辑　我在我的思想里找茬

中国没有南回归线 …………………………… 277
走进水墨的痕（五首） ………………………… 279
低声二吟 ……………………………………… 283
飘渺三章（组诗） …………………………… 285
有些弯可以不拐 ……………………………… 288
我的存在主义 ………………………………… 289
健民短语捏成诗 ……………………………… 290
那个夜，谁在抵达乡愁 ………………………… 293
我在我的思想里找茬（十首） ………………… 295
只是诗，只是影子（十首） …………………… 300
出发时，我喝了一杯存在主义咖啡（三首） …… 305

马路，在奔跑的深夜（三首）	309
走出那座大院（三首）	312
深夜抽走我半宿的灵感（五首）	314
在雨天里，我开始清澈	317
雨还在落，我向雨讨教（三首）	319
细雨蒙蒙，抵达我身上的都是遇见	322
夏日魔方（四首）	325
关于前些天的一些想法（五首）	330
散打的诗笺（五首）	333
美人迟暮是缓慢的执手	336
盘旋一个名字	338
洗洗睡吧，你还在等谁	340
静夜偶记（五首）	341
汉字谣	344
迎　接	346
今天的落日没有耀斑	347
轻羽如烟（三首）	349
浮过生命海（五首）	351
藤蔓一样的时光（五首）	355
蝉鸣是我用过的词	358
走　光	360
收　拾	361
那张纸，我只写过一行诗	362
等风来（外一首）	364
寂	365
什么在悄悄地开始（组诗）	366
远近书（组诗）	369
幽幽，或者倏忽一过（组诗）	372
后　记	376

第一辑
我的时间总是漏洞百出

秋分五题

一

已经听不到蝉声了
一切都囚禁在季节的沙漏上
有第二座山在暗指,再造一个漩涡
让山风蜗居,让宿命永久沉默
每一寸脚步都是秋风的一场逼近
说吧,这个傍晚还有罂粟的和声吗?

二

属秋的我,把河流握在手里
每一道掌纹都能覆手为雨
思想的子弹开始脱靶
本真变成幻象,独立在寒秋
没有谁可以让梦隐遁或者抹去
昨晚,我对准那一袭水月笼沙
扣下扳机,消灭一座复杂的黑夜

三

动车是一匹倒伏的野兽
在磨炼割喉的刀锋,有血在流淌
秋分以如此的猎杀去吻别烈日
我,留下一颗思想的铆钉
钉牢在味蕾出没的地方
把酒盅横亘于别处

四

任何的规则都是一种不及
秋天过后,李白的月亮像酒旗
酒却开始在诗里混沌
所有的浪漫走过了十四行
我在第七行就醉意朦胧
不羁的规则,不及汪伦送我情
酒后不能触碰的柔肠
一定是我的艰涩和迷失

五

太阳依然是一种巫毒
只能用来跪伏,或者伫立黄昏
秋布满让我自由仰望的星辰
每一颗都是急于上岸的鱼
撒网还是甩出钓钩,是冒汗的命题
就像爱情和背叛,互相踩踏山盟
然后把潮汐积成一片沙洲冷

2019 年 9 月 23 日

三月（组诗十首）

> 突然间黄昏变得明亮
> 因为此刻正有细雨在落下或曾经落下。
> 下雨无疑是在过去发生的一件事。
> ——［阿根廷］博尔赫斯《雨》

三月落

不需要漫长的等待
鹧鸪依然咕咕

把雷声搂在怀里
叫着三月的时间和名字——
一声落

雨等着落下
我等着一个影子归来

雨 后

夜里适合谈论意义吗？
只能等到雨后
一个口罩就能封住世界
鼻息终究模糊了眼镜

雨丝是暗夜的跺脚

一滴一滴，敲出明日的节奏
冷不防抬眼一瞧，有人间
我的夜就过完了

论原罪

写诗有时候就是一场原罪
为什么要等到奥尔维辛之后
明天，怎么去考虑活着还是救赎

过了大半辈子，才明白
自己不过是一只蚂蚱
蹦跶或蛰伏都不会被时间放过

刚进入春天，就想到冬天来临
涅槃原来是形而上的剥离
语言的险滩正在向空中滑落

原罪其实是经不住拷问的
涅槃的也不只是埋藏着的火焰
那么活着做个鸟人，也挺好

海明威之郁

拖鲸而回，视线就被扭曲
浪花和泡沫能灼伤一件事情
只有薄薄的尘，落定某种知情
就像女儿小时候问我：冰岛在哪？
我说它在漂浮中。但她找不到
一个地球仪被她翻来覆去

只有一种意义，一直潜伏到今天

海明威不知道《纳兰词》
如果知道了，他一定会晕眩
他懂得必须把鲸鱼的骨架拖回
然后才能去勾勒"老人与海"
乞力马扎罗山顶的那只豹子
早就栖居在一位暴烈男人的标本里

久未出发的渔船宣告男人老了
丧钟始终没有为谁而鸣
呼吸依然如此雍容，像母国的相思
永别了，是那把武器还是伊甸园
只有哈瓦那的那座观景庄
能够把最后一夜的哭泣
留给后来的博尔赫斯的街衢

读三月

三月有女神的节日
还有植树节被仰望的绿色
它们像倒影那样抵达

有人如此痴迷地读着三月
把一个人留给一个世界
再把一个世界留给一个人

归去来

倒春寒是季节的一个谬误

是博尔赫斯说的"曾经落下"的雨

雨丝留下的那一堆省略号
最后被省略的,还是昨日的归去来

郁金香

办公室里多了六枝郁金香
是两位女博士组装起来的句式
就像美人已经出浴、荷塘有知音
我退回到一个反义词里
不断敲着乡关何处、乡关何处

女博士用红绸带子绑住绿叶
我看到了绝句中不押韵的第三行
倘若能在绿叶里剪出一场忧郁
我想给它涂上口红,鲜血淋漓
让那些绿色的囚徒一一认命

平　静

不知道时间,全递给那些匆忙的日子
在白马河歇脚,秒针能勾住白马吗?
那些日子被结枫为亭,夹起十座太阳

没有一句苍茫的话,我只关心问候
白马河的南北在这里被压成诗句
然后平静地翻开,听到闽南的呼吸

总有一天我会归巢,马放南山

只留下一截望断。想在哪个楼梯拐角
回头再看一眼，让回忆抚摩回忆

致——

你提着昨夜的风，把回家的路
遗落在今夜。那是谁的梦
躺在一棵树下面呼吸，唤醒灵犀

把年龄吊在父亲的根和母亲的树上
等待一场美丽的邂逅，用身体缝补时间
被尘世雕刻过的，瞬间便是永远

未来虚掩着一扇门，让你独自潜行
没有蹉跎，只有踩响一路寂寞
然后轻轻咬断那截有点疼的绝恋

夜就坐在你对面，静成一道风景
泪光盈盈最终消退了一个梦
像一座隐形的山峦，但很真实

所有背景只留下颤音，锁在音域之外
淌下的泪水，枝叶一定是完整的
就像那一片晶体，声音没有走远

梦巴黎

一个夜的开头，好像没雨
可是在夜的边缘，一朵亮

有两个老人在看电视
那是对一个民族的信仰
就像席勒的那幅《自画像》

当高更把塔希提岛搬上画布
灵感就被挥霍了，留给了巴黎左岸
柚木色的大提琴是最坦诚的遇见

香榭丽舍的飘发如同竖琴的弦
拨响了凯旋门的最后一行
一个眼神忧郁的男人
把埃菲尔的寂寞融入迷雾

2020 年 3 月 12 日

逆旅三章

今后的经历

我想在巴赫金的复调里活着
然后把"李白乘舟将欲行"
再思量一番。给命运加个逗号
有一盏空杯在等我,摆上夜色
周围是紫葡萄的碎影
我知道这个春天并不容易

人在境遇之外还有境遇
就像今年的枇杷,酸外有酸
门始终在沉默,云翳只能斜倚
伸手所及都是浮沉,以及零落的叶子
有风月宝鉴吗?我临时设计了一个手势
却想不起来它是如何丢失的
也许,它就落在那口枯井之中

曾经在牛津闻到一种古老而神秘的呼吸
他们说这是《哈利·波特》中的图书馆——博德利
那里有六百万册图书在等我
我却没能进去翻开哪怕是一页卷册
那么,我就想去走一走康桥
把华兹华斯和弥尔顿摆满一地
用康河的水去洗濯他们的诗句

结果我只能坐在那里写我的闲谈
调整一下呼吸，捋一捋稀疏的头发
这个时候只有毕加索是最靠谱的
要想让天空去证明一种慵懒
需要用你所有的简单，去反证自己

今后的经历原来如此美丽，也许
一切美好的经历应该就是我的经历
它没有后遗症，只有哲学和行为
语调在这里不过是一种姿势，说说而已
身边有许多人在谈笑风生，在复数
而我，依然是一丝"一个人的风"
游荡在七岁那年某个夜晚的风声里

月亮乳牙

那必须是我拥有的——
一枚月亮乳牙。还有音乐，还有
1968 年那个女孩为我折叠的纸鹤
多么像月亮乳牙，洁白而忧郁
如果眼神能够低过裸露的脚踝
她一定会复述：等我长大了就嫁给你
那个晚上我失眠了："嫁"是个什么词？

那年我在乡下的溪流边捡到一张旧报纸
上面有被烟头戳过的窟窿，像鱼眼
我仅仅做一个回家的梦就哭了
从此以后就再也没有见到那个女孩

怎么可以离开这么久呢?
所有的时间似乎是被搁置的

我所拥有的,原来就是一场空影
我变成傻子,她变成了哲人
她把月亮的乳牙洗得十分成熟
却把我的阳光渐渐晒黑,沾满灰尘
那年我在家乡的龙眼树下久久地站着
捡起地面之上的所有事物,迟疑又决绝
我知道有些眷顾比一首诗更重要
只好把那些事物逐一隔开。我需要安静

那天我看到我的窗和她的窗
竟然是遥遥相对,尽管相隔了三百里
就像两颗糖,藏在了月亮乳牙的两边
我想那可能就是神迹,如果它还有光亮
后来我读到了一种"善知识"
才明白每一棵树木都是摇曳的手指
那个中午我喝了一碗粥,然后
决定给那个小我许多岁的女孩写信
信上的那些字像是北方旱地里的蝗虫
又像是西夏的羊群,我数不过来
我匆匆把信扔进邮筒,却发现
我把那个记了十几年的地址丢了

往事的酒杯

有一位教授一直在谈论前戏
就像太阳以各种方式升起

我是个一无所获的人，只能回想往事
前戏和往事都是在做和已经做过的事
那位教授滔滔不绝口若悬河地说着
他身体如火，我却空泛如往事的酒杯
我想往他那涟漪摇荡的湖面扔块石头

结果我听到雨，他听到回声
他是个无论早晨和晚上都在等人的人
所有的落叶都会向他交出叶脉
我躲在往事的酒杯里吹拂一下自己
觉得陌生之物越来越少
一直张开的手把一块砖抛向空中
我才知道春天是不需要安慰的
就像有些事物从来不被照耀
因为有教授的前戏，那是他的课件

前戏有时是美好到脆弱的东西
那位教授乐此不疲，死盯着夜空
他把所有讲义都当作枪和炮
就像握住了杜甫手里的那支笔
花墙后炉火正旺，他需要一次走过场
然后整装待发，驾着"牧马人"飞奔而去

快下课了，还有一位妙龄急着入场
他突然来了个关于辩证法的灵感
凡是教科书里有的还是没有的
都可以是他中年肚子里的秋雨
反反复复，把声音飙至一节课的最高

这个完美的结局比前戏还要完美
那么，还要我那个往事的酒杯干吗
扔了吧，包括那一堆不堪回首的往事

        2020年4月21日

夏日丽人

高温。有人在空气里猎狐
所有的花轮、面孔、玄想都被猎杀
手中的灯碎成幻觉。那辆车和光线
一起奔跑。傍晚的天空色彩不再狂野
被空气融化的永远是一种时间

如果血液能够被点燃
那一个影子一定会飘到我脚下
也许只有十分之一的阳光属于我
我的感觉在奔跑，呼吸着影子的呼吸
一粒剥开的荔枝，不小心就碰伤空气
像眼神里复杂的盈，被臆想默认

夏日不能冲走思想的弯曲
却能带走被肌肤吻过的花瓣
我在寻找开魔盒的人。那是谁的丽人？
如果时间不会成为一种限制
我可以相信，任何一滴掉落的空气
都会灼伤轮回，然后就是宿命

车开走了。就像远方的洪涝
直接冲刷思想的堤坝。然后
有另一个我落进童谣般的想象
也许今夜，也许明早，再简单不过

那个身体会调整语速,爬入风的意志
爬入被冷色调凝固了的镜子

       2020 年 7 年 13 日

水逆七月

七月没有流火
好不容易走到了八月。字母有腥味
我把那些狰狞的面目都记住了
就像用利爪记住一千个哈姆雷特

连风都想睡。所有的情面也已飘散
这时真需要一阵婴儿的啼哭，让我
回到本真，回到少时那座朴素的河边
灯下黑。现实骨感得如芒在背
只有酒是不残酷的，它能封锁我
让我退回到若干个从前

我没有抗争，因为还有一丝冥想
我没有水逆，因为时间改变不了什么

血腥之花一直在开放着
我在一只空房间里找我的鱼
所有缝隙都在生长忧虑，只能注目
现实的水位（包括人心）原来就是一片荒漠
走过来走过去，梦不会回来

2020 年 8 月 9 日

午后的沦陷

这个下午有合适的深呼吸
正好用来想一想几个月前的一场偶遇
偶遇一定是邂逅的缓冲地带,有人鸣笛

任何感觉的爆发点都是魔幻的
不是在现实中,就是在现实之外
当我把自己当作自己的敌人
我能在那种敌意里嗅到我的沦陷
以及被我扔出去的深远的意义

读诗。读到一句——
"凝视深渊的人也被深渊凝视"
才明白生活原来都是被训诫的
某一个夜晚我想把夜晚还给白昼
哪怕一个简单的午后,也会有罂粟盛开
我像困在原地的山脉,只有休止符

沦陷其实也是一种美。熄灭的美
看不见的天空里,有我自己的城

2020 年 8 月 9 日

入秋三章

舞　步

迈腿。伸臂。我是坐在寓言里的见证人
情绪深陷，又悬起，裙裾里有湖水
退后一步，向前一步，最多只能两步
风说，两步比一步总要多出一步
那时候我们相对无言，目光在走火
被关闭的音乐，哦，这沉静

走吧，一步是叶，两步是花
心里装着十万匹神兽，叫着一座初秋
亮出你的青涩，以及空空荡荡

还有，牧神的午后，哈根达斯的单品
爱马仕的盛装其实就要落雨

我的眼神丢在诗行背后，留下光斑
每一个字都是被舞步洗涤过的
一段拐弯的光，让我记住曾经的模样

细节从来不是定格的，有小小的不安
面孔一直被持有，王朝和女人一样丰腴
怒马鲜衣总是以渺小启程，结尾呢

烟花一半醒，我在找十里寒塘路

向前一步，退后一步，两步即是人间
再走两步便鸥鹭忘机，退回内心
即使有一万种禁忌，也不要错过什么

缓缓的澄澈

世间事都会靠岸，停歇在少年与爱
小柳村没什么长度，最后一班车
一个华丽的女人走过，身后有人牧风
眼睛原来是用来掠美的，即使缓缓
情不敢至深，怕是要大梦一场

生活一定要爱着点什么，因为有澄澈
那是另外的一个名字，深藏着美丽
如果都为这香魂而来，那就是少年行
总有一天，你会在酒吧里嗅到寂寞
原来生活不是你曾经活过的样子

必须缓缓。再用突然给自己一千座爱
青山一道还能同烟雨吗？语言总会开光
喝一碗坚硬的稀粥，然后你就懂得

汤姆叔叔的小屋还在吗？你把身体垂直
如果每一步都小心翼翼，女孩该怎么读你
那好吧，她的小坤包里有你给她的纸条
暗香再错觉，她也会松弛一下你的梦
爱其实就是一场笼罩，缓缓才能澄澈
太阳一定会衰老月光一定会下坠
只有缓缓的美丽，会在一种身体里蔓延

人生海海

一直想勾销这个夏天海海的秩序
为此那天晚上我吞下了两粒紫色葡萄
小醉并不迷人。我只想要回一个人的风
清朝末年的那座肩膀被我虚构出酒意
我跟谁痛饮？一下子就回到了《离骚》

诗经的手握住了我，我想仰视青鸟
陌上花开还在缓缓归矣，人生只有海海
草生一夏，古屋不再，前尘不弃
天道有轮回，夜一定有阑珊也有荒凉
银鞍白马能度春风，也能度夏日

人生有多少种值得回忆的事，就有多少
在暗夜里徘徊的影子。生活就是布控
除了生死，哪一件事都不是闲事
天空下面原来皆是空，只有路在延伸
我吃掉一百种乳名，轻易就绕过了传统

凡以伟大结尾的，都是赶路的江山
人生总要耗尽最后的体力，残章荒谬

如果能醉一次该有多好，像自由落体
然后在海海人生里写下两个字：不空
我的历史有一万种张开的姿势
那么该如何在沉寂中捞起深海里的星星
只有溪水般柔软的百合，让八荒隔海

2020 年 9 月 3 日

那年冬天，屠雪

呼兰河，天与地只有半尺距离
萧红和酒在一起，我逃到了雪地
雪早已把寒星一粒一粒点燃
我倚着一棵白杨树，想教化一截树皮
朋友惊呼：我的眼镜，眼镜不见了！
于是我们急急转身，开始慌乱地屠雪
寻找雪的所有出出入入和蛛丝马迹
来不及咏叹，酒和雪就都发生化学反应
寻找变成了一堆醉玲珑的脚印
突然，一家伙指着他的鼻子劈下去——
眼镜不就架在你脸上！原来你的面孔
比雪还要坚硬。原来你欲望的呼喊
比屠雪的刀还锋利，会被时间
直接切碎

2020 年 10 月 14 日

若有若无三章

昨日已逝

昨日藏着我的密谈。我记住那个时辰
有影子出现,四处都是来处和去处
它们覆盖我的脸,截断我的极目
在诸神的黄昏里我读着太阳的黑洞
昨日已逝,昨日又仿佛还在

一个人的花园其实就埋在昨日
每个午后都是抽象的,都是意义的能指
我的日子一直在盘旋中游荡和失落
不确定的事总是出现在最初的眼眸里
失去的东西还能换种方式回来吗?

风说:你好啊!像神的某种感召
那一场救赎也在说:去去就来
喻指和爱的呓语都不在同一时间里
我的思绪正在校正一首诗的经纬
捂住几个颠倒的词语,不告诉任何人

时间赤裸,那些细致的水流很缜密
在夜的反面,它们完美地逃逸
冬天来了,但是藏不住我身后的历史
只能逐渐释放影子,让昨日认真地逝去
如果能够与镜子里的我深谈一次

我就会在十分之一的阳光里疯长思想

某个日期

日期其实就是算术题，总是被闪电刺破
于是我躲到一杯茶里沉醉
思维蔓生出一堆语词的游戏，比想象
多出一种初冬的格局。我想拆开
一座黄昏，或者直接锯掉一棵复杂的树
在某个日期，我会说出那一场遭遇

某个日期就像春讯，有爬藤飞起
但我另有选择，因为我选择了不选择
当奥古斯丁咬着鹅毛笔噬断他的神学
我在汉语里举起自己，让不期而至
如期而至，让自己朝着自己走来
然后洞开身体，分泌出已经解封的秘密
我想设计一种悲情，为昨日的黑夜祈祷

黑夜就矗立在近旁，被目光狠狠品尝
抱着一摞受伤的汉语，我没有眼泪
登天或者入地，过程无非就是一场意义
轻轻地走入一种断望，会是什么感觉
无论怎样，精神已经在某个日期抵达
我只能在睡眠中接受思想的窥视

苏格拉底的下午茶也许过于浓郁
逻辑重音该落在何处？只能被想象质疑
远方有新生命的啼哭，像订制的暗香
某个日期的地理位置发出了尖叫

我切换一个角度，定格一座秘密花园
在菩提树里再度返回，终结悲伤

若有若无

如果石头能够啼哭，我会听出若有若无
风是可以被诱捕的，因为声音在加速
那年我对着魅惑的塞纳河说出记忆
埃菲尔铁塔就站在对岸，谛听
某些时候，一条河具有无限的可能性
就像鱼类观看星星的姿态，沉寂着
我对鱼说，我是个若有若无的异乡人

南朝四百八十寺，现在已经是若有若无
有多少楼台还躺在烟雨中？无法追问
晋朝的月亮尽管照耀着南宋的御街
千年的过往依然是来来往往，若隐若现
隐隐的东西原来线条清晰，像梦的出口
如果星星能够被我的情绪放牧
我一定会在一条江里打捞到十座民谣

思想的枝丫以原始的扭动诱惑我
一念花落，一个还活在意义里的人
从往事里离开了，无法落影成形
有多少消失可以重来？命数不再是芳菲
隐忍中有芒草在苏醒，在奔跑
一只存活的白鹭，继续挤在岁月里
即便是若有若无，也会流过我的脉搏

2020 年 11 月 30 日

假期九章

一

七天的眼帘终于垂下
略带疲惫的时间缓缓闭上
深夜，我把电脑打开
键盘上匍匐着我粗糙的喘息
窗外的街边很胆小，空无一人
水仙花的香气有点空灵也有点忧郁
我握紧一个茶盅，茶汤倾斜

十分优雅地注入键盘，我手足无措

二

三盆蝴蝶兰一直在对着我笑
还有一盆麦穗，一盆满天星
她们都像睡去的脸庞，需要抚摸
需要水和底盘，需要力更多
我的节日早餐伴随着她们的腰肢
她们暗笑，我看见底盘轻轻动了下
我变得越来越习惯了，去寻找
一支风裹着一张旧报纸蜷缩在墙角
拿起遥控器对着花盆死命地按
突然，一个底盘又被撩拨了
让我想起某个星空以及某种道德律

三

我觉得必须到阳台晒会儿太阳
一滴一滴地拾取早春二月
当我刚刚坐稳了自己,风来了
很多东西不需要等,只需要遭遇

四

那个夜晚去造访一位老友
他一连换了四种茶,那么多的爱
其实我只要一口平平淡淡的水
老友一遍又一遍地冲泡
我看着许多瞬间被茶汤浇灭
蘸了点水,在茶桌上画了两个字——
不空。就像在美人背上题字
此刻没有女人。我和他只能面对面
像在赌博,杯子就是骰子
不为别的,就为了一干而尽

五

出门散步,无问西东
随心所欲才是我的本意
所以我端坐不了莲花
时间说,把放不下的都交给它
我想了半天,什么是放不下的?
菩提和锤子,它们究竟是什么关系?
空气很空,却能招我走出家门
一条路的繁忙总让我热泪盈眶
有太多的事,只要一种注目或默许

六

假期最终是用来告别的
来也匆匆，去也匆匆
夜晚的蛙鸣和白天的鸟声都还在
一声声入耳，空阶滴到明
楼下的枇杷树叶据说能治咳嗽
我摘了几片，煮了一碗水
朝着西南方向喝了一口，喉咙锁住
仿佛夜晚，你盯住它的时候
它也锁住你的注视

七

靠在沙发上轻轻打了个盹
就到了新年。春晚还在讴歌
我像一枚不存在的时间，没有刻度
只有年龄让皱纹有了刻度和概念
孤单容易让人在午夜幽深中醒来
我说，任何审美都是布满印迹的白纸
我的存在一定是我的生存哲学
皱纹和生死会告诉你这一切
所有的新年祝福都是我的慰藉

提醒我与世界的联系并没有中断
一个人的风还能化蝶吗？
我悄悄地用某种能量和意义
包围自己，尽管羞于说起燃烧

八

这个世界为什么总是聪明人充满疑惑
而傻子们坚信不疑——罗素如是说
许多物质的影子都让我着迷
比如折射,比如拐弯的光,比如音频
我似乎是活在聪明人和傻子之间
真实和恒久都能测得准吗?
至少我的柔软和幽深是测不准的
就像我在日光下举起一把剑
剑鞘里暗藏的究竟是杀机还是隐忍

九

假期终于画上句号,心里并非满月
日子总是以飞快的速度脱离初衷
没有一寸是可以回头的,只有风行
所有的存在与虚无都是不确定性
阳光很好,我没有辜负哲学的"绝对精神"
时间不过是日子的彼此分娩
停留在自身,一定是世界最好的追问
任何的逆时光都是可以被征服的
就像我在画面中挽住你,脚步很轻
即便耗尽所有,这个春天再也不会受伤

2021 年 2 月 17 日

春，在清明（五首）

一

一日无尘，春开始发落
氤氲。载得动愁，却载不动任何物

启示原来都是假的，尘埃已现
只有春，能忆起人间和古老的遗言

才想无一物，山河即已春
半两温柔，就能从容一生吗？

所有婉转都被梅花的出阁抖落
季节罩住的，是忽早忽晚的农事

清明的净土全是史诗，闭眼就是青山
谁在锻打誓词？或许只有人间草木

二

春，或结晶的瘦
喘息，或疼痛的收获

在天上还是在人间，梦都很锋利
只有掌中的脉，能够承载夜的责备

一堆支离破碎的韵脚，声音飘零

看你美丽，看你温暖，也看你忘记

岁月如此之好，雨幕走不出一个答案
就像雪，怎么也说不出透明的黑

有谁在某处哭？那些往事似曾相识
赶紧收拾一下自己，无须留言

三

不用擦拭的喑哑词语，没有水色
如同梦是永远会被睡眠消融的

我住进你，还是你住进我
春寒并不料峭，风能裹紧一切

苍云是风的水袖，有桨声慢捻
摇过昨夜的寂寞冷，宿醉

年年不道破的，还是那一寸稀薄
我终于让一本天书从天窗垂落

读了半截，才读出一座江南
这一世就变成部落首领脸上的皱纹

垂柳的倒影依依，像水蛇晃漾
驾一叶孤舟逃离河汉阡陌的迷阵

花笺上留下一个地址，还有身段

聚形为我，依旧是那朵青雾吗？

四

我的词语在华沙散步，依然静音
听肖邦夜曲，有一种指纹细密的蓝

我是血液的主人，忘记如何变老
想到布达佩斯那些失声的纹饰

春也许在清明，也许不在清明
故土是我，乡愁是我，梦也是我

梦的犄角其实都是别人的结局
我加紧脚步，清理那些嘤嘤的偈语

那年的雪地里，我寻找万物的遗址
春在喊我，有一种意义叫作遗忘

虔诚谛听的还是年轮吗？像蛹
拖着影子去等待季节的无数截面

五

清明回家的路像夭折的手臂，痉挛
草木掠过垂落的白裙子以及深眠

天空俯卧，半截大提琴在山路上盘桓
目光逐一收回大地，还有未拆的信

我的语词在一座山与另一座山之间
无论抵达或往返，都是我的原乡

前世认不出今生，人间都是有皱褶的
看望一种姓氏，就是寻找一个词根

在人间，我不是无穷而是孤单的一滴
唯有青苔还能追忆，如同镜子

什么都可以从河底升起吗？包括名字
脚印还醒着，但黄昏并不缺席

我想为一座容颜命名，用象形文字
如果是单词，就不要忘记那些陌生的风

2021 年 3 月 26 日

清明前一天,山是安静的

依旧人间。暮春像掌心的纹路
不收留任何一句语言,因为安静
在节气的纵深处辨认元音
指尖早已把记忆戳破
预演的琴键却找不到音符

正午时分离开了那地
像是后花园的一座休止符
所有的云都飘走,有一种色泽
更接近前额的沉默
名字锁在星座里,碎成烟尘
春在高空成熟,却喘息在床上

清明前一天,那山并不遥远
路的背景有些粗糙,地面有光
除了光只有光,除了安静就只有安静
眼睛是唯一被注释的咏叹调
所有的祭礼都在为速朽的年轮蓄势
但来不及成行

我等待黄昏把栈道收回
近神的时刻,像一艘船沉入海底
我变成了谜,有谁的梦变成我

在鱼的记忆的第几秒，留一些字母
将渴望安放。空气正在松软
我知道滋味是能让流浪猫过来的
如同漂移的海跟着蝴蝶翻飞
谁在御风？以倒影的姿势
用太阳的脚趾缝补忧伤

我与一种意义对望，但绝不揭穿
与午后相逢的蓝有一万种
只有一笔孤注是准确的
就像一个爱笑的女孩
把最真实的笑声留在身后
星辰其实是最无奈的语气词
只能被漫不经心一寸一寸阅读

清明是一个千帆竞发的湖面
把山的安静裹在思念里
一种安静，认不出另一种
我在时间的甬道里找不到她
无力抵达也无力返回
有一个单词一定是无法收束的
它漂浮在每一个瞬息
无休无止

2021 年 4 月 3 日
清明前夕

我的时间（三首）

抓铁无痕

有人说，少年也可能迟钝
那是资历的漏洞还是成熟的残忍
让他试试抓一根铁吧
像狐狸住进石头那样住在灵魂里
不被星空召唤的安宁，可熟睡
能留下一丝浑蒙给时间吗？
这个初夏没有漏洞，只有缄默

少年有一双坑坑洼洼的手
把所有苦涩都揉成石头的疤痕
爬过身体的蚂蚁，正在构筑一座城墙
结果从一个梦里跌入另一个梦
有一堆斯芬克斯谜语在等他醒来
从水底涌现的，一定是湿漉漉的星空
少年是一颗被教育好的牙齿
只要开口，就是满篇的《论语》

少年的眼睑长出了一颗小肉瘤
也许是病态的时间留下的病态的痕迹
少年抓铁，去寻找自己私密的源头
他停歇在两米之外，看一树雨
抓铁的心思没有折雨的冲动
那就轻轻道一声午安吧

他说雨是好诗,尽管只有一句两句

一只杯与远方

德化瓷永远是童话里的神
一只杯子就装满一程风雨聚散
那里面也许有瘦马,还有远方的门
没有什么忧伤可以坐成佛的菩提
泥土总是在手指间奔跑,渐行渐远
八千里路云和月不都是岳飞的
我想我也可以随时随地去玩一个

我最终发现,我只能用词语
对杯子进行一次诗的加冕与洗礼
人世有炼狱,人心却需要干净
当我一个人在思想里疯狂的时候
也许你在牵引一只蝴蝶走江湖
我,还是怀揣这只杯子
仗剑走天涯一般,等待思想的楚留香

时间是被感觉种出来的涟漪
就像杯子总是盛满岁月,一望无际
它的疼痛是我的疼痛,它的破碎
是我想从疼痛之地重新聚合和远行
思想有时很冷,美有时就是一朵野花
花开花落不由天不由地也不由人
当那一团火焰明确地烧烤杯子的身体
我知道我是谁,在没有月亮的夜晚
我是陀思妥耶夫斯基笔下的俄罗斯月亮

独自亮着，必须独自地亮着
去照亮属于我自己的远方

最好的书

有两本最好的一生必读的书
一本是《红楼梦》，一本叫"莎士比亚"
我曾经把"莎士比亚"读成《红楼梦》
曹雪芹向哈姆雷特发出了提问
如同李白掀掉杜甫屋顶的三重茅草
其实怎么读，它们都是一种不朽
无论把思想的飘絮嫁给哪一位
都是美丽的，都是在时间里我想做的事

有时对着梵高发呆，以为他还活着
我有多么想眼前的书能够开花
能够把所有知识种在时间里
抬头低头之间，我跟自己的灵魂私语
四周异常安静，只有梵高和我在场
我又仿佛没有来过也没有离开过
那就打开曹雪芹和莎士比亚
跟我说说我手指上拈着的那片树叶
还是那个少年，在等待他认识的一片树叶

这世上只有两本书让时间慢了下来
那是我的时间，栖居在黑暗里
寻找一条存在的路，以及存在的念远
生活里所有的笔误，正在被一种深痛修正
只有这两本书能够救赎我孤独的夜

黑暗也许可以舒展身体，我却在端坐
我喝着一杯越喝越渴的水
去寻找许多曾经丢失过的心
再喝一口水，那水源里有祖国
尽管少年回来时，只剩下暮色苍茫

         2021年6月3日

一些黄昏（三首）

夏天的眼皮

夏季的眼皮眨一下，天就热了
我用指尖比画着并不存在的阴影
一粒尘埃逼向另一粒尘埃
风站在端午过后，嗓子喑哑
变成一声轻轻的叹息
你好呀——我喊了风的名字
日子就掉落在记忆的岸边
一粒光从酷暑的皮肤里散发出来
我搀扶着生命，走过星辰

雨一定是国家和民族的构想
穿过时间的缝隙，就会抵达辽阔
被雨幕遮住的脸庞是祖先脱落的墙皮
只有它能唤醒闪电，激活根脉
前朝的那一滴雨终于发芽
红酒的泡沫里有老歌的重量
走吧，我的夏和我的静水
祖国的发髻像鹰隼突然的俯冲
寄在心里，迎接暑天的第一道皱褶

我想贩卖这个夏天，让风擦去忧伤
刚认识的那阵雷雨还是停了
受惊的空气扔出一粒骰子

像火柴那样点燃血气以及潮湿的灵魂
目光和道路,是深深凝望的影
在时光的喉结里说出夏天的眼皮
那么酷热,那么闷热
是谁在折磨这些瘦削的白天
大概只有蝉声,让我记住一些人
还有一些发黄的事

脚印叙事

长征是脚印,北回归线是脚印
历史是脚印,无人机是天空的脚印
我的梦也是昨夜西风的脚印
其实走得再远,都是脚印的叙事

脚印不是虚构的,就像雨声不容争辩
每一步都在击碎泥土和烟尘
我的故乡就栖息在脚印的根部
每天都在奢侈地谈论庄稼
如今都在怀念稻谷和袁隆平
云朵擦拭烈日的时候,田地是哭泣的
一把犁铧走过,脚印成为被照亮的叙事

那一年,我在故乡的田野辨认脚印
摩挲一片被惊醒并认出的落叶
脚印踩踏着我,支撑一座静寂的村庄
只有树的力量在压迫中生长
我把一条进化了的蚯蚓引出泥土
一溜脚印宣告着故乡的旷野

如果离得更远一些,我可能见到诞生
那是脚印浪迹的叙事,无始无终

一些黄昏

一些黄昏曾经被我丢失了
我只好去江边看望一个读诗的人
雨,等不到某个记忆深处的消失
尘埃是上帝之城,为我蒙住许多叙事
那好吧,咱们就说说红尘往事
跟一支玫瑰去梦里荡个秋千

黄昏是落日的醒,彼此没有轮回
失眠的夜晚我写诗,当作面壁思过
黄昏原谅了我,让我得到一滴光芒
我知道我有人生痼疾,距离迟钝很近
那个月下残夜提前出现的黎明
早已把昨日的黄昏一笔勾销
我因此丢失了黄昏,也丢失了光
天涯如梦,我就偷取半日浮生
写一个"空"字,给自己也给飞翔

月亮带着弯刀之际我去捞回黄昏
为的是在自己的书里再次失踪
月光下的影子,还是那一匹西风瘦马
以及站在长亭外古道边的弘一
江水紧缠树的倒影,有山水看我
还有万世情物追踪我的叙事
我躲在一首童谣里,准备骑牛出发

就这样混过几十年,我才算明白——
不踩着泥泞入世,怎能书写黄昏

2021 年 6 月 16 日

秋天，被风知道（组诗）

风吹过的秋天没有解药

风的一生行走江湖
有，或者没有灵魂的放逐
让所有的梦都空空荡荡
秋天隐隐约约在奔跑
被空气勾兑。我看见一只蝴蝶
正飞向唐朝

没有解药的秋天有很多门，以及暗喻
在长满绒毛的时间里独裁自己
夏天就要过去，谁在背叛炎炎
那些人那些水，还有那些灵魂切片
都是我默契的声音，不淡不咸
走吧，夏天！我们不再交谈
也不再，让这一泡老枞水仙遗落

水不忘水

我在一条江里寻找水，过去的水
水认出我，认识我的九岁
我写了一篇文章《在西河游泳》
那是我最早惊人的一笔——
男男女女，像饺子跌落水里
白花花的一大片，亮了一条江

没有什么记忆不是灰色的
记着记着，夏天就老了
我的内心除了一条流浪的河流
只有天空能够代替我的眼睛
今夜，风还会不会来
我把摇晃了一个下午的时光
在黑夜里减缓，除了水。不忘水
我也不会在水里忘记自己

摆渡人的镜子

摆渡人口袋里装着一面小镜子
不留下任何记忆，只是照耀
那根长篙总是指向深邃，还有寂静
其实江面就是一面镜子
摆渡人只好把小镜子装进口袋
让它沉默，不参与太多的世事纷争

水是所有爱和恨的潜伏
等天地都静了，它就剩下漩涡
摆渡人用流水济世，撑一篙南方之慢
镜子依然藏在口袋里，像乱石耽于山中
他告诉我，她的手指纤长，爱笑
——原来，镜子就是他不败的记忆

2021 年 8 月 21 日

夏未消

夏未消。尘世的秩序是星辰的规则
另一种现场,鹧鸪拗弯了自己的声音
老城墙准备好一段明朝的对白
用干涸的声带告诉潮湿:有"风"来仪

风来自秋天还是退回夏天
就像我退回到当年的大学课堂
退回到《说文解字》对"秋"的解构
一切都是长不大的延伸,或未经凿透
故土需要折返,需要将表情放在心上

雨夜的巉岩终于没有被危水吞噬
留下史书里那些缠绵的轮回和铺垫
恻恻不是被照亮的,是被月亮枕出的
直到某一天某一夜有波纹过桥
才有发光的默许,让神兽在风中逼拢

夜里等到一场雨,晃荡得极具仪式感
风的踉跄如同一本书跌入雨的魔咒
雷电像影子火车,切割着很深的云
我在气候谜团里理解区域和跨界
端着一页诗,囚住一面迷人的闪烁
风继续说"你好呀",我接受了一种传奇

也许，我们知道一些风不知道的事情
白天的一个侧面，淹没了雨的认知
但没有任何一条影子可以拧出喊叫
等着天雨如歌，等着燕子抱雏
夏未消，天地之美不属于阡陌的缝隙
也不属于街灯。盛夏堆积下来的凉
才是那种丝绸般的静穆，以及沉醉

          2021 年 9 月 16 日

在寒露的目光里，秋天依然在跑

如果寒露不来，我该怎样结束
这个平原走马的季节
长假留下的念想，以及秋的味道
蒸熟一个挺立的漫长的夏季

茶，是夏天的挽歌吗？
有时候我真的不喜欢与季节同步
而喜欢有些伤感的距离

入秋了，风犹豫得像碎裂的茶杯
我写不出一句秋的判词
它还在被副热带高压反复推搡
也许秋天一来就要老去，只剩下慵懒
忧伤的寒露，是我惺忪的眼皮
我想弃绝一些东西，包括一钩残月
但弃绝永远是错的，那里有我的情绪

一开假，早泄的马路就被改写
等着细雨飘过，我的城市等待受洗
风来还是不来，都会让柔软成为柔软
躺在地库的车辆爬出疼痛的时间
任何痕迹都不是我的，我只属于我
维特根斯坦的镜子还能反照什么？
我是一条活在纸上的鱼

修剪一下鱼尾纹，我寻找非我
让月亮不再生长疼痛，包括被提醒的雨
想有一场雪会从塞北飘到江南

在寒露的目光里，我死命地回想那年
有一座秋天依然在跑，像掌心化雪
如果现在还没想起来，那么以后的以后
我的眉梢就会被季节连根拔起
去撞疼三万个日日夜夜
让性感的泪水喂养我的诗

一直到最后一座错开的美丽
独自返回

          2021 年 10 月 8 日

秋天的雨很诗意,我无法颓废

今年,秋天不是像男人一样的男人
时间躲在雨雾里,没有了长短
细雨蒙蒙如同鸟群在寻找自己的声音
我认识的那一片树叶从窗外飘落
以至于分不清这是秋天还是春天
作为简约主义者,我只想捕捉暗喻
把那种有些甜腻的霏霏,赶进壮阔

诗意也许能够修正生活里所有的灰暗
远方带着玫瑰星光,和我细细交谈
泡一盏茶让我的时间慢了下来
我忽然相信,什么都可以念远或者念近
当灯光在收集夜的每一个角落
我的影子无法颓废,也无法躲避
一场细雨就让我找不到失落的自己
手臂是溺水的树枝,指着秋天的诗意
我知道自己该做什么了,水就在杯里

杯子一定是秋天和我亲密的朋友,哦
祖国的水源很神圣,像我的誓言
喝下每一口都是扫尽暮色苍茫的回望
血色残阳,会穿过黑暗找到我的目光
我知道每一杯水都没有相同的面容
这个秋天,我什么事情都没有做

除了思想，除了撕碎一地的光阴
我无法颓废，也无法给时间一个证词
为什么有人想把时间的乳头割掉?
至今没有明白。然而，它只是信仰

秋天的雨来得如此诗意，诗也是如此
我知道思想家永远在剥那一粒洋葱
只有我，把每个词汇从火焰玩到灰烬
在秋天那美丽的思想里撕开一条缝
让石头和爱情一起钻进去，暗藏忧伤
比秋天还要冷的，也许有另外一个秋天
我在日子的枝梢上种下更多的语言
秋天，尽管细雨蒙蒙，但我无法颓废
我想就坐在那里，等待一座苍茫

2021 年 10 月 21 日

大雪急骤帖

无 雪

大雪节气。在南方,在榕城,找雪
就像寻找一匹斜跳出来的瘦马
那一截老城墙上的锯齿,拉扯草木
大地还是绿的,不止黑白二色
谁挪动闽江的虚线?太阳举起了大地
头顶有她的双臂揽胸,我的发丝早已如雪
当北方的雪与南方的无雪无痕交错
我知道我无法越过楚汉之界
无眠的昨夜,西风再也无意凋碧树
回忆一下那个短秋的码头,谁在泊岸

卜 辞

微灯向晚,等待一卦卜辞
我的行止在哪?两个人的密谈堆积
一茎草根有了漂亮的卷边
像是风的宽冠,窸窣窣地隐伏
来不及剥开被露水淋湿了的虚构
你站着,羞赧的江水落回昨日的苇荡
所有迷途都是一场又一场的知返
就像北飞的伯劳和燕子都回了
一手卜辞,告诉我依然可以选择卜居

风　声

风没有桁架，只是被追逐所迫
我在山的脊檩里雕琢青苔
连同一些闷骚，以及一撮愠色
风声其实是虚荣的，像虚长的上山路
我在一座老屋扒下一块瓦当
看见几根毛发如同宿命的暗线竖起
逆袭不紧不慢，终于疲沓在山坳
我捡起一句急骤，朝山下扔去

自深深处

为了一场北方的雪，云也变得峥嵘
南方有滴光的河流正在沛徂
此地没有关情的关山，只有自深深处
水在卧底。悬浮一定是渐深的
无论魏晋的竹林，还是唐朝的灞桥
心里的火焰总是太白，总是与雪无争
长安错失，马嵬坡也错失了一座艳名
还是南方有雨的私语阵阵
喊一声，她们就越出了深深

巷之语

早晨的巷子有微霜，但不见雪
行人像困兽那般踽踽而行
河边的广场舞掀起经年的窨井盖
瓦片在踏步，在卷起屋顶的千堆雪
扫视方圆不足十里的街边

有人喊我，告诉我一万个巷子的传说
无论坊还是巷，都是瘦瘦的小肚鸡肠
瓦筑里的弹丸像是脱落的纽扣
我在镜子里照出一方昨夜的爵士
对自己说，你还有多少次拓扑没有拐弯？

2021年12月7日

立春，我在可能性中醒来（五首）

深呼吸

04点50分36秒，壬寅年立春
我在36分50秒醒来，躺在一滴雨下面
开始写诗。我的深呼吸模仿了雨声
像幽暗的林莽中高傲的心跳
海德格尔说，人总是在可能性中沉沦
此刻，我却在某种可能性中醒来

我似乎是忘记了，这个春节没有阳光
时间是惺忪的，一直没有被校正
整个南方全部浪费在冷雨敲窗上
雨丝不停地战栗，像我灵窍的飞行

去莆田

今天准备去一趟莆田，湄洲湾北岸
时间正缓缓移动在莫比乌斯环上
我用力地回想莆田，中国海的一部分
雨，终究是大海极简式的悲悯
因为短暂，所以无法滴穿浪花

莆田有立春的乐句，比如十番八乐
比如莆仙戏，就连颠轿都柔软为化石
我要亲手把壶公山致雨拨给木兰溪
再把木兰陂搬到明故宫前

覆盖王朝的背影,以及城墙的缺口
祖国有多重,莆田就会有多重

行　云

行云其实是第三人称的救赎
它响遏了一座月亮的背面
所有的等待都不需要什么理由

世界上从来没有划一的歌声
荒野留下空旷,冷雨留下赴约的河
风只会说出明天的记忆
如影随形,向第九空间弹出和弦

行云还是过来了,像鹰隼飞入我的眼睛
立春时节,受伤的雨依然那样挺拔
一个声音种植了另一个声音

倏忽一过

诗人们一直痴迷于立春的玄言
其实,04点50分36秒就是倏忽一过
雨的恩宠和风的奢华都是一场春梦
只有池塘生春草,才是真正的策杖和解缆

想起"欸乃"这个词,没有别的词
可以偷走那个酩酊甚至颠倒的雨后
有朋友告诉我,他从老家过完节回来了
我突然想给自己倒点酒,微醺一次

我的床终于在雨声里睡着了
心里端着的那片醍醐，身份开始隐秘

只此青绿

"只此青绿"——这个词一定是我喜欢的
就像满眼山水飘过了才显得骈俪
那些高耸的发髻无论枕岩还是漱流
都是泼溅到天边的绿，以及梦的青花瓷

那一幅《千里江山图》究竟萌蘖了什么？
刀片般飞翔的身影，劈开一座历史

假如所有的美都能在丘壑里召唤潮汐
那些摄魄，那些超然的手指和身段
就能期许李白悄悄地把那句——
"且从康乐寻山水"，直接赶进宋朝

2022 年 2 月 4 日壬寅立春

春天是一支喜欢跑调的曲子（四首）

递 春

一支曲子像罂粟花那样递过来
女子素手如盐，纤指如玉
轻轻一触，春天就碎了

碎了一地的聚散依依
闪着无边的清晨和黄昏
你前世的菱镜低洄而空灵
无数的边在忘川，布满星辰和神迹
一所屋隅零落成尘，指向不明

空余的山。新绿。还有芒草
春天递来了一支春天
水正在洗水，尘正在染尘

跑 春

春天一路跑来，挽三千佳丽
像一片又一片芦苇，叙述总是被淘洗

时光其实就是一场屈服和退后
跑调的春天，举着光滑而隐秘的臂膀
挥斥万山倒伏，吐出一条细瘦的山路

春天的身体里藏着雾凇、云海和日出

午后为阳光让出季节
春天改变了流水唯一的动词
落叶萋萋，那是造物主的结余吗？
春天还在跑，一如激越的少年

响　春

空谷开阖，幽兰滋长幻象
春天的腹腔开始出现响动
绿色是南山的野蛮女友，回声空茫

湿泥把牛蹄拖入深部，形迹可疑
眼前是宽阔的迷乱，蔓延的声响
谁在喊春？那一堆老去的步调

只有太阳，能勒住一头老牛低沉的悲吟

风细瘦如绳，捆住盈盈一握的血脉
祖先们用缠绵悱恻的骨血，叮嘱子孙

藏　春

把所有心思藏进清晨
其实是藏进一片雨后，一座春天

土地在冬日的忧伤中醒来
留下一些花朵的碎片，留下一场宿醉
你自盛开，不过是驶入掌心的暗河

在落日的余晖里一看到海伦的美
爱就显得多余,连尘埃都是多余

春天是一支容易跑调的曲子
那就把春藏起来,围上头巾
神秘多好,我们已经无法看见

         2022 年 4 月 6 日

我的时间总是漏洞百出

夜读《夜航船》，灵魂不断被折叠
一句话的典故，就像一棵树的真理
它们以充分的逻辑告诉时间的不确定性
光在影子里穿越，我的时间总是漏洞百出
像一群溃不成军的蚂蚁迷失了方向

那个夜，那个卖火柴的小女孩告诉我
她始终没有擦亮火柴，一根也没有擦亮
也没有留下上帝任何一丝稳定的呼吸
火柴太重，安徒生太轻，这个春天太乱

忽冷忽热的春末，连燕子都飞偏了
必须提审一道长河，想让它对时间好点

一个被刮去皮肤的声音，在柔软
在戳痛我的耳朵以及一枚朴实的树叶
它告诉我所有时间都不过是等待和期许
突然想起百合与水晶在打扫我的记忆
夜，就这样乘着《夜航船》走了
无影无踪，消失在缪斯的乳房里

不想问一棵树与哲学究竟是什么关系
树是风的雇主，挂满我安静的时间
那一夜，我向风投下自己的影子

在那里暗藏一万种玄机，去穿行失眠
我知道失眠也是一种技艺，需要潜行

有没有一些业余让我牵扯暗黑的所在
即使漏洞百出，也要把时间密密缝住
时间不止于时间，我不止于我
飘得太轻的落叶，都像明目张胆的灵魂

卖火柴的小女孩一直在剪一个月亮——
"如果里面没有我，故事就不会吸引人"
那种微妙的翻卷总是如此楚楚动人

黎明袭来，收走的不只是昨夜
必须跟那些游荡的白云保持暧昧
我的时间才不至于捉襟见肘漏洞百出
时间其实就是一堆长短句的刻意存在
一种卡门式的颠簸，就在额头点亮

我的时间是一座广阔的森林，包罗万象
就像太阳的照耀毫无选择无拘无束
假如时间还能打开历史和现实的窄门
我想和鲁迅谈谈后园还有第三株枣树
还想跟北岛交换一下纸、笔和绳索

卖火柴的小女孩走了，时间还在
我终于和一条马路平起平坐，谈论往事
《夜航船》并没有荡开时间的暗河
天空如此浅近，我的时间还漏洞百出吗？

我在一个安静的房间里制造一道光
想把自己修炼得比水还重，比夜还轻

          2022 年 4 月 28 日

与芒种书（三首）

倾斜的芒种

下雨天，有人在唱《旧梦》
唱得四处波纹漾起，我说那是好脾气
歌是瞬间的，活也是瞬间的
雨一直下，我们只能坐下来谈谈爱情

一句说了很久的话，突然回到天上
等它再落下来时，我可能就老了

今日芒种，天气有些倾斜有些着急
我在等一壶水烧开的时间
写一首虚无缥缈的诗，收拾背影
像多年前我种下的那个老婆
后来她突然不见了，跑得比风还快
只留下几片云朵的偈句
后来每一天的醒来和睡去都一样
都是尘世遗留的碎片

端午过后，就没有什么仪式感
壶里的水刚刚沸腾
就有声响坠落，像魂魄被扔进河里
等牛顿的苹果砸下来，我就出门
即使是减法生存，也要触摸一下天空
接受一座"清凉引"

隔江那个唱词的人已经停歇
我听不到《旧梦》，只好卸下句式
系一条上个世纪的鞋带，去找卡夫卡
谈谈一九二六年他去过的那个城堡

敲回车

有个教授说，写诗就是敲回车
不要修饰和点缀，只需把地说成天
把一个平胸的女人说成高耸
其实诗写得再好也没人读
就像夜折磨睡眠，风折磨树
诗就是被过度拉伸的韧带，在文字里裸奔

有个诗人说，她经常在一首诗里大哭
其实那些抚摸过她的句子
无非就是生与死，爱和恨
就是在腰痛中制造的一点点慌乱

诗是一种未确定，是白天匆匆跑来的夜
难道还要让回车键再飞一会儿？
春天已经默许诗的枯萎
就不要等到夏天了，干脆把诗杀掉
用一场雨去祭祀，去为它最后点一下口红
剩下的那些词语，只好背着它上路
去找一座快乐的身体

未言尽

雨未言尽，风未言尽，诗也未言尽

我是夜梦里未言尽的部分
但我拒绝了梦，拒绝了所有的拒绝

我和一张床私定了终身
带着不容置疑的身姿进入"旧梦"
这个世界有两种我不能接受的人——
一种卑躬，一种屈膝
卑躬的人没有灵魂，屈膝的人没有意志
我不相信什么都是可以泅渡的
划痕一旦留下，就无法弥补
时间在飞，在神的面前谁都不能逃脱

未言尽，就是处子般的宁静和仁慈
默不作声地成为自由人或局外人
白茫茫的诗句洒了一路，那是我的远
我目送一堆稻草人逐渐生锈
在时间的纹理中，刻几道窸窣的疤痕
我依然未言尽，依然游于艺
依然牵着一场花事，绽放在强大的影子里

2022年6月6日

海边，六月的最后一日

其实我不在海边，我只把诗交付给你
让海浪向礁石说晚安，说六月的最后一日

坐在梦的两边，你也许在翻阅笔记
翻阅未写完的关于语言的博士论文
一段前言已经被时间写满了敌意
键盘蓄满十座太平洋，鼻息就是飓风
一只火烈鸟囚禁了海边的古厝
让六月爬满深渊的起起伏伏
海滩那么孤单，母亲的掌纹踏浪而行
此时，能安静地铺过自己的
是比海水还要咸的泪水

吉他的第五弦，宛在水中央
那一根幽远，拨动着无边的苍凉
去年的那些想法犹记在夏天的纹理中
大海拥挤，每一片浪花都是悬崖
心绪和海潮相遇，它们会谈论些什么？

六月的最后一日，那些没有命名的方言
还在啁啾，还在为你覆盖缓慢的英语
远去的海浪一波三折地返回，准备领悟七月
醒悟一朵浪花比接受一面大海还要颠覆
大海，不过是一个过于飘渺的词

能进入论文的，依然是那个不可知的向往

人终究是海滩上的一粒细沙
所有的姓氏和籍贯，都在那里藏匿
无须长发飘飘或者及腰，只要不停地燃灯
就会将晨钟暮鼓以及烟霞轻轻锁住

对于大海的叙述一定会越来越旧
只要深呼吸，就能绕过那些陡峭和滑坡
你或者需要一张木筏和一滴渔火
在海里牵风，或者用海水煮茶
其实你就是一条缓缓游动的青鱼
在茶和玫瑰中继续洄游叙述

古厝是一片复活的光阴，挂在了海边
什么时候，你可以卸下行囊和旧衣
抽出自己的身体，以美人鱼的身姿回归

2022 年 6 月 30 日

穿上旧日子，再去说小暑

今日小暑，一大堆晨风柔软的语言
被我藏在旧日子的口袋里
穿上它，我需要携带一些琐碎
再携带几匹数着窗户的阳光
外表有多硬，内心原来就有多柔软
谁要回到风里了？我想跟他交换一下情绪

原始的呼吸原来如此简单
夏天一声比一声长，正在默许一场蛙鸣
推着自己的生活，坐在高楼去看蔚蓝
在落日之前必须眺望明天的日子
这个夏天，两鬓已经弄出一些雪白的想法

我身体里有一堆马车的秩序
它们都是被藏住的词语，充满诱惑
那些来不及命名的句子提在手中
让夏天分娩出一地的碎青瓷
一位诗人说，写诗要用最跋扈的动词
我想不出自己为什么总是在走神
总是把时间锐利地切断，然后去突围修辞

我只好穿上那些旧日子，反方向游走
看着树一把一把地垂钓天空
我的时间在拱破一种蓝，那是明天的预言

好天气是不断拔高的事物，它很简单
就像一声江湖令，不疾不徐
当晚安的祷语卷入词语深处，夜就醒了
我知道有一些棉质的诗句被暗影攫住
那就虚拟好我的虚拟，致敬明日那一湾水

人世间所有的美好都是恰逢其时
只有不屑才会失去拥有，才会虚度阳光
美和孤独是大地和天空的义无反顾
如同今日小暑，不沧桑也不轻佻
它是旧日子留下来的偈句以及章辞
我想坐下来谈谈小暑，也谈谈爱情
让那一匹阳光下深入浅出的我
啜饮一杯忘情水，再咀嚼一些勾魂

　　　　　　　　　　　　2022 年 7 月 7 日

月夜，天空有波纹漾起（三首）

夜晚客至

他们两个，像草尖上的星星
在那首钢琴曲发出最高音的时候
瞬间将自己放了进来

一种缠绕着柔软花园的敞开
沉入眼睛的深井，制造了一次相遇

我的茶开始摆渡，摘走一部分夜幕
盖碗杯怀揣一抹老枞轻轻游走
酿造薄薄的岩韵，流淌半匹武夷山
无论深厚还是孤寂都漫不经心
一些情绪像神的微笑，水阔天长
目光走过一场耸立的楼群和熙攘的夏夜
然后把一首宋词读到月白风清

不期而至的客人为制造话题而来
却又谈不出任何的虚盈之间
体验高潮毕竟是奢侈的，不如选择静观
夏天很空旷，是留下魂牵还是宿醉
都会点染所有的姿势，比如端杯

夜是空着的，喝下几杯夜就满了
客人就要离开，我用一种特别怀旧的语言

以及一隅小小的月色,去送送他们
让他们去广阔祖国的某个深处,温暖

惜别不是什么依依,而是盛大且薄凉
但愿他们能把我的茶喊出来——
从此有心爱良夜,任他明月下西楼

夜跟我私定终身

夜向我跑来的时候,我在清洗茶杯
我的睫毛一直披挂着夜的谜
甚至来不及呼吸一声,夜就拥我入怀

我从未见过夜那么辽阔的翅膀
整个夜都在飞,都在露出空荡荡的时间
我从高处往下看,看见城市像一车稻草
有些凌乱有些嘈杂有些如同梦在荡漾
到处是迷离的光,明月还在照沟渠

跟夜私定终身会让人强大起来
南风再无力,也会把诺言引渡到对岸
我的呼吸里有露水的重量和温和的痕迹
月光那个落,终究是一片明亮的词语
在夜空的语法中,它是秩序和安宁

失眠印象

失眠是由天空漾出的波纹引起的
因为这里听不到蛙鸣,也听不到影子
一直在提醒自己:该睡一觉了

结果越提醒越清醒，世界如同谜一般
只好端起一本书狠狠看到第十行
每一个字都是重的也都是轻的

失眠就是离开村庄，离开老家的屋檐
家乡的所有鸟语都变成翅膀在走秀
这个夜为什么只顾绽放，不管我的凉
就连仅有的几句呓语也惴惴不安
我想去跟万物和解，下楼走走
果然我隐隐看见夜正在摘下帽子
向我示意，让我看一座空空的背影

失眠是我神秘而幽幽的轶事，出自我心
当然也会飞离本心，于是月亮有了毛边

万籁俱寂，其实就是一场静静相对
就是在四周的悬崖上留下彼此的遗址
午夜时分，我想起天地的分娩和疼
失眠既是夜的假想敌，也是亲密爱人
只是在梦外跋涉，并且总会抵达

          2022 年 7 月 13 日

七夕，其实就是一堆缱绻

今夕何夕，任何姿势都是风与风的距离
我们可能需要一个可以叙述的夜晚

伏天的一种语气来了，带着一堆缱绻
这年头，只有厌倦是会被吞噬的
我追回细雨的狂想，让它继续下
继续呢喃，呼喊银河那座无形的墙
牛郎织女不过是年复一年的焦虑
就像幻想和符号之间的桥，无始无终

午夜时分，我摸到枕头边的另一个枕头
把内心的积雪倾倒出一阵暗响
这个时候只有聆听是松懈的，虚虚实实
所有的故旧都变成了一圈黑和白
循着它们，我找到那年七夕的一道云烟

南粤的朋友提前几天就寄来肩胛的柔光
像我眼前伸展的影子，恣意张开
我的影子却不断地退后，漫成四维空间
假如任何影子都能支撑被遮蔽的平衡
我决不相信还有什么缱绻能够让我期待
世间的每一个晨昏都是历史的淤积
只有厌倦可以诱拐我，让我倾听一种微凉

有时想，轮到我的时候我该说出什么？
我只能倒向时空之镜，听听那一曲《旧梦》
让这个七夕有一片被翻出来的暖意
即使抓到一把浮尘，那也能覆盖我的意志
过去的一切都可以不像是发生过
如同我打翻了一盆水，却又有自由在汹涌

七夕，其实就是一堆无边的缱绻
我只把这首诗轻轻陷入一种语言深处
站在这座城市的三十四层楼上
我一眼看尽的，还是那些被雨水带飞的人生
一位写《我疼》的作家其实喊不出疼来
他写了"漱石枕流"四个字
我在那里找到我的缱绻，原来还是那座旧梦

在七夕到来之际，让思想拐到词语的另一辙
我会对一些人说，这个夜晚我们可以叙述

2022年8月3日

九月,我的声声慢

九月第一天,一粒尘埃从魏晋吹来
在一首诗的距离里,颠沛水光,流离山色
风不抬头,就能孤傲地引颈天空
喊出了祖国,喊出昨夜的电闪雷鸣

风在野地里站着,一场雨还在继续

九月的阳光是缓缓的,如同声声慢
衔着一颗隐藏于高阁的粉黛之心
大地的才情太深刻,让所有植物都醉与疼

湖水幽幽,我们都需要一座岸
需要九月依偎在幻想和真实的尤物上
在存在主义咖啡馆里,"在"是奢侈的
只有回忆还在透气,还在编造旧日的索引
此时钟声响起,盛夏的光变得成熟

高楼上,有个小孩吹着呼哨站在窗前
像我小时候逆袭阳光无敌的九月
手里的纸飞机刻着纸上的时间
扔出窗,他看着一阵风被放逐悬崖
我无法想象它抵达的意义,只有敷衍
无论静止还是死亡,九月就是秋的救赎

秋的语言学来了，它会校正南方的发音
一个季节就要消逝在明暗之间
天地如此之宽，长出了体内的沉默

如果可以，我想拦住几寸阳光
为这个九月造一些地理想象和树的别名
人可以离开自己，但不能离开天地
只有九月能加固你的背影
因为时间没有唇彩，没有嘴角的戏谑
就像罂粟花缓慢地吐出每一个词语

九月是安宁的，是松子成熟的季节
等待一颗松塔落下来，才知道寂静的发生
所有村庄都是形而下的，除了风的部落
九月的第一场雨以更高的和弦跌落
我才明白，秋天的第一杯奶茶如此重要

九月你好！也许我就是那个身披雨水的人
在湖的另一侧上岸，将消失的日志写满
我想跟着那一粒尘埃，回到魏晋

2022 年 9 月 1 日

中秋，我的月亮私奔了

如果寰宇能私奔，月亮一定是最早的一个
那时，只有我的语言不会私奔

月亮其实是在我的镜子里长满的
中秋，那一枚符号喝了三碗吴刚的酒
就卷入断裂的叙事和破碎的文本
路过我的窗户，突然就多出了一片光亮

当年读《月亮和六便士》，我与纯粹和解
就像在乡下看中秋的月亮那样朴素
据说只有天才才能捡起那六便士
那些哲人，都在用月光倾听和取暖
我喊着他们的小名，挤出心里的盐
让月光指引，缓慢割开这个世界
虚与实还是我的辩证，反复证悟那两块石头
一块属于《西游记》，一块属于《红楼梦》

中秋过后，月亮就要消瘦下来
即使悬空自己，耐心也还是无法触及
愈发深沉的天空，像一种力在我掌心化雪
月亮给了我一个没有边际的等待
用隐疾的语言，与我交换苏醒的形式
在脆弱的天平之中我度过这个长夏
但我始终清澈，始终在空缺的时间里活着

月亮终于还是私奔了,在我不知情的时候
在那一轮不辨死生的法则和光幕中
群鸽飞去,所有内心的海啸都是夜色深深

记得落日时,我们都没有想到过鼓掌
躲过黄昏的任何诘问,唯有紧握这一枚圆满
尽管静寂,最终还是要走回我的镜子
一个隐身的观念总要在漫长的极地打开
那就是我——一个正在升起炊烟的人

我是我行走的雕像,一切都在月亮的视界
每一次重临岁月,如同重临深海之境
在月亮之下,我一直在等待密涅瓦之鹰
就连偶尔的缺席也是精神的反复拼接
信仰的褶皱与隐喻一样,只能在海上老去

在三十四层楼上,我能触摸到月亮
这个中秋,我们有一潭深水般的私语
以绝对的光明填满自我与洞见
我们爱过世界,当然更爱这一座中秋
时间的暗流让我一个人堕入思想的镜面
抚过曾经疲倦的言辞和失语的诗句
但不会让幽深堕入我体内的深渊

记住这个中秋,记住这一枚私奔的月亮
除了舔舐时间的利刃,任何私奔都是柔软的
把握了一种流逝,就把握了一种记忆

这样会使我那些碎裂的文本像水一样完整
中秋不是赶路的季节，一切都可能走回镜中
我必须在和月亮构成的灯盏里彼此参悟
去占有所有紧张的夜色，回归光阴的羽翼

如果寰宇能私奔，月亮尽管是最早的一个
我的语言也不会私奔，像隐忍的河水
举起夜的斧子，凿击荒原和那些深刻的词

        2022 年 9 月 10 日

入秋第一章（组诗）

桂花载酒

有桂花的时候，我找不到酒
酒找到了，桂花已经干枯
岁月不是由流水带走的
是藏在地里的阳光

终于有一天，一家伙追上我
一手递酒，一手握着桂花
像河上吹响寂静的哨子
晨昏一下子就把柔情缔结

非　梦

有人在唱《旧梦》，嘈嘈切切
其实都是非梦，就像"梦华录"

秋风开始满了，雨说：我跑不动
那就用锯齿般的翅膀去悬壶
让一个高音惊醒一座秋夜
其实，夜没有虚度任何一寸秋风
我说：你有夜，我有梦

梦是用白天的语言说黑夜
依然是非梦，但会照亮一个月亮

空　风

自从搬到三十四层楼

风就空了,夜也空了

每天我登上三十四层楼
必须先看看风,再去找找夜

念千秋

这个夜很不真实,月光很窄
风像一个空洞的词
九月的天气已经失去了辨识力

不真实的夜才更像夜

情欲就像一个人的名字
一直站在那个夜里,一念千秋

凡　尘

凡尘除了俗世,还有静虚
魏晋在等着泪光,盈盈地坐化
用下弦月烫一壶乡愁
我们迟到了一百年

秋夜的一部分漫着凡尘
我的乡愁被涂得很旧、很旧
它们拒绝诗,拒绝身体里长出的声音

所有深沉的凝视都是冻结的
就连尖叫也是寂静的,像越来越瘦的影子

2022年9月21日

入秋第二章(组诗)

乱　茶

风吹进来的时候,茶叶一片慌乱
像箭镞,像干草垛,像不会说话的鱼
悬一把提梁壶高冲,溢出了茶的床
四周的呼吸长出胡须,一切却混沌未凿

萧瑟可以被拧紧,如同秋天的操控
茶们还在咬文嚼字,窃窃私语
一直没有远离过,我在制造一种轰响

如果生命的旅途上有驿站
茶一定是最好的落脚点,此时它不慌乱

太阳的问题

太阳的先锋性其实是很古典的
它有无限的灯苗以及燃灯人

我在闪烁其词的江面遇到它的光
冒出了一堆来不及明悟的问题
比起秋天,我还能安静地思考它们
并且,我更愿意相信一定有个透明的神

把光还给光,我就理解了黑暗
原来太阳的所有先锋性

就在于寻找一面投射的墙壁

等　雨

等待一场秋雨，比弄醒一座山还难
梧桐叶片片跌落，开出满地淡黄
一个人用不完的孤独，如同叶片的时间

天空过于吝啬，云朵被稀释了几百遍
鱼一样潮湿的眼睛早已吹不动光
这一夜，又把秋天给欢喜过了
小麻雀等待啄食第二天地上的阳光

雨，你没有直接辞行的理由
连大地的一座梦都要经受如火的烧烤
还能说你什么呢？只能恨不相逢

秋天的咖啡

无眠的午夜，突然就想起一杯咖啡
其实秋天的咖啡更适合独饮
因为此时的声音无法企及什么
咖啡再热烈，我依然能够封锁一朵寂静

我曾经说过咖啡是思想的颗粒
现在我要说，秋天的咖啡就是一堆寂寞

在一坛水中，我看见鱼是怎样钻进月亮
上面漂浮的，都是咖啡那样的老灵魂
在不断跌落的时光里我遇见无题

留下不可告知的一部分证词

风的形态

少年老杨在三十四层楼上招风
愚蠢而伟大，有谁在窗前注视我

我以为这个世界再也不会有风
结果一阵风过来狠狠甩了我一个耳光
声音极其清脆，像击中原始社会的石头

风的形态如此这般伟大而高蹈
南方的秋天有一千个谎言却只有一个理由
那就是风知道，季节的重量等于一滴水

2022 年 9 月 22 日

入秋第三章（组诗）

过　往

福州的秋，就是一场匆匆的过往
任何越界的想象都会卷入陡峭

流水可能把话题扯远，那就选择凭栏静眺
秋天是斜阳系缆引出的碎碎念
一念可以千秋，一念也可以过往

一颗鸟声就是一滴美丽的落红
秋天不需要开场，光影比唐诗跑得快
雨水还在那一边证悟，声声慢就已经响亮
秋说：等是爱人，不等是旅人

"暂此"是一个词

"暂此"是风的词，等——终归是自己在等
道德的重量里一定有秋的隐疾
暮晚的原野不会沉默，包括时间

想起一座观念之门，敲开就是表象
在那里面烧水烹茶，炊烟就怀疑了我
秋天的每一个想象都不止于言语
只有临渊提灯，才会明白"暂此"二字

如同雨，秋的一生从不逗留

即使意识容易碎裂，美之上也不会消失
"暂此"——才是被定义的存在之物

我　醒

我睡，一定是陷进思辨的灌木丛
我醒，就堕入思想的平面
草堂"秋"睡足，怎么睡都是我的状态

风翻阅了这座秋天，也翻阅了我
只有醒，才是我唯一的亮点

秋天的完整性取决于对睡眠的拆解
即使在深夜醒来，我也会扑灭疲倦的句子
然后去寻找梦中的极地，幽深自己

退回内心

据说这需要一种执念，才能推远生命的堤岸
因为人往往在秋天的平静中找回自己
如果向前一步，可能就踏入冬天
我的迷失会被冰雪结成多余的棱角

所以我必须退回内心，在秋天里救赎思想
这个世界已经远远小于欲望本身
我所能做的，是在秋天晒干无畏的潮湿

也许，在空旷中更能拥有一种把握

我在一部字典里解开母语的词障

秋，总是在语言的猎场里收获

那个夜晚有酒

朋友在楼下等我上车，我体内有青铜低鸣
三十四层楼一定是在意义之内
因为意义之外有酒，还有一堆眉眼

酒，实际上是肉身长出来的瓶子
一到秋天，它就在我剩余的语言里找词
一滴经验的洒落，天地就会变得宽阔
如果让我走进酒杯，必须占有紧张的夜色

酒，最终只能在秋风中溢出自己
像一段隐忍的水，注入我悸动的额头

2022 年 9 月 23 日

秋不知道自己成了秋

一片蓝树叶从树上飘落
我知道秋来了,那是我活着的方向

青山如碧。秋不知道自己成了秋
我看了一眼墙壁,那里有浩渺的影子
像一堆胭脂在维持天地间最高的秩序

一把存在主义青瓷,以静止的力量爆裂
让一地碎片拥有了秋风中的真理
因为它们是我获得世界的一种方式
我必须承认,我的注视让秋天明白了自己

我和秋,是迎接和被迎接
共和国的土地上躺着短暂的雨
秋,终于扇动着翅膀来了
让我在这座秋天里具有失身的愉悦
其实,所有语言都屈从于身体美学
词语饱含肉色,像寻欢者内心的隐喻
这个世界已经被折叠了许多次
唯有秋,正在抖落烟尘,预言归宿
我还能不能在那条安静的河流上摇橹逆行
在那一道永不消逝的元音上承受呼吸

假如一瞬能够收藏我完整的灵魂

我将以目光测量和论证远方的距离
并在这个世界寻觅观念的窄门，进入执念
秋，正在用秋天的眼睛熄灭日子
我却在日历里寻找它的另外一天

那一天，我释放了一堆空白的影子
让黑鹰掠过风的注脚，携带一杯杂色的光
秋天把声音覆盖在一列胴体上面
起伏着原始的宗教以及上帝的虚无
它们不断消解，不断磨损夏天留下的经验
像福柯笔下那些生活在秋天的无名者
然而，秋天依然无法虚构出轻如词语的空旷

有人说秋天该很好
可是秋天不知道自己成了秋
直到看见我看秋的目光

        2022 年 9 月 24 日

哦，小雪

在南方，我几乎忽略了小雪
也不适应这个容易被雕琢的命题
然而，它居然下了一场闷热的雨

我打开风扇，把光吹得稀薄一些
不想告别这个只有秋天观念的秋天
一滴雨里有许多未说出的部分
它还没做好下雪的准备，所以只能
记着辽远的事，让镜头慢慢老去

我的雪还在三千里之外临渊提灯
驮着它深处的黑，以及多情的马路
这个世界让人越来越沉默，唯有静寂
必须用更厚重的动词，去挥霍它
去举证暗夜，去湮灭所有的白
不能再在迷失方向的时候继续轻飘

小雪其实是震颤和虔诚的
它的以身相许，就像花瓣噙住露珠
让心里减少了尘埃，也覆盖怀疑的烟
可是在南方它下成一场霏霏的雨
这时，我拿起一桩旧事去佐酒
最终在卡夫卡那里找到一把利斧
要把这场不合时宜的雨砍去

南方依然是露出屋顶的南方
可我眼睛里有穹顶，有爱人的呼吸
能把小雨闪烁成罂粟，然后仰望
我在捕捉湿地里的一只水禽
想让它撩拨或虚构一场空白的雪
我的某一段思想正在深入骨髓
南方的小雪，原来是如此浪迹无痕

哦，小雪，我的南方的小雪
它只能是一种隐喻，一个倾覆的童话
闽江并未北去，还藏在一页史书里
我相信总有一天，小雪会来
如雪般冰清玉洁的爱人也会来
先小雨后小雪，让它们吹干我的声音
然后借用一瓣飘飞的雪，紧握一枚静寂
为拯救我的真理，去说出一千个谎言

2022 年 11 月 22 日

深夜吟

不得不去面对的
还是这个陈旧的深夜

梦必须清澈
其余的都是空无一物
杯底有盐在沉入，只要
一枚果核，就能回到奥德赛

任何挪移都像是撕裂
然后举泪

如果有可能，我想燃烧法则
再去驳回观念之门
两只形式的舌头
除了走私罂粟，还能尝出什么？

岁月不过是一场卸下
埋人的那种伤，已经被神锁住

呼吸比月光还明亮
冲洗互相的残缺，熨平彼此
人就像染釉的陶器
刮去外表，剩下的都是肌理

2022 年 12 月 17 日

年　后

年后，人们还会说起去年
环扣的指间总有风穿过
像狂野上鸟的惊飞，翅膀迷乱

我是一只灰兔的耳朵
能听出每个音符的乳名
我甚至怀疑，那些焦急的琴键
被虚无深深捂住，不想再说去年
我背着身，把一丝丝风轻轻捡起
立在野花的园子里，看所有的乱

风是一群告密者，播放着去年的倒影
我在空气里想着年后的这一年
过去觉得不美的现在突然变美了
以前觉得美的如今怎么看都不美

去年只剩下空茫，只有呼吸是真实的
没有人看见草生长，时间都大于它自身

茶汤渐冷，梦总是被浮光句读
黄昏和落日一定是人世间的荒与芜
我与我的影子一起成为了记忆
并且互相示爱，说着去年草木的足音

我曾经在乡下看着一日三次升起的炊烟
除了满溢与孤悬，一切竟无以复加——
这是我的美学，每一寸语境都是幽秘
那么在这个年后，请允许有一种漫长
让大地再静一会儿，让废墟的历史——
变得更真实，让所有的牧羊女眼神都清澈

2023 年 1 月 30 日

元宵词

不说山高水长,元宵雨也不折任何柳枝
雨只能疲惫于某种考古学,一滴一滴
静静坐在那里泡茶,我成了椅子的一部分
身后连接八荒,骨骼深刻得嘎嘎作响
在普鲁斯特小道上,我等待遇见的美好
以及一堆不败的修辞,一道自己的指纹
一种日子的建筑史,以及假设的一个观点

往后的兔日子都是今天和明天的叙事
它们引诱我不能说出元宵的任何孤独
楼下的每一片落叶写着前世今生
它们跟北风交过手,最终撕裂了自己
日子敞开时,可以炫耀岁月的丰饶
饮马长河一定是转换风景的最好方式
满心期待如同怀春,必须调整呼吸
我不喜抒情,哲学多好,因为它有结构
它用语言销魂,就像海德格尔说"在"
兔年元宵或许就"在"但丁的炼狱里
炼狱不是别的什么,它是摆放或者拯救
是"动太阳而移群星",然后托举天堂

坐在那里泡茶,我渐渐陷落在椅子深处
对坐的异乡人,像我的那一张扉页
镜子里有骨骼合成的光,藏着我的秘密

不必说出"认识"二字,那只是隐喻
如同手里握的这杯茶至少有五个隐喻——
兔跃、鸟声、猫步、蛙鸣以及深渊
茶的轮回,都是它的自传的开始和结束
有一阵被劈开的疼痛在大地弥漫
一个练拳击的女孩突然给我寄来牛轧糖
但她还是没能捏出一只吉祥兔的样貌
就像那些未成形的语词,藏在某个角落
空气疼了的时候,只有手指在呓语
一种行道树般的问候,却在言语之外

元宵是被雨水捋走的蒹葭苍苍
不能活得过于凶猛,必须温顺
像一枚边忙碌边思考的小小的鱼
游弋在高大的思想礁石之间
才有资格拉动成熟的心绪和发光的语言
才能向渐渐下降的落日讲明来意
讲明潮起潮落的哲学,讲明去年的艰难
社稷的事太大,只能去爱一个人
去爱梯形的黎明以及矩阵的黄昏
然后再去眷恋一种静,一种深处的疼
我,依然深刻地陷入泡茶的椅子里
兔年元宵节,我想转身吹箫一曲
去掩埋一群柏拉图式的字母以及虚线

2023 年 2 月 2 日

二月二独语

有些日子来了,却无法触摸,比如二月二
我用一天的时间去等待,去粘贴欲望
据说今年的龙抬头在今晚十点以后
那时夜已倾城,世界会在我眼里洇开

洇开的世界是一片皱褶和静默的存在
一切充满质感,但我无法谅解声音的逃避
就像无法谅解大海巨大的转身
天空依然纯粹,依然认真地创造形式
冷热不过是一场辩论,它们都在尊重法则
都在尊重我走过的地方和那些我的印迹

印迹细如婴儿的睫毛,没有一丝谎言
我在二月二的语词里读到我的故乡
如是我闻,故乡的语言源远流长
没有什么静谧能够掩盖另一种静谧

静谧不能撕碎自己,不能掩盖去年的伤情
甚至不能去拯救一只被踢翻的酒盏
在第二故乡,我突然想起一条桃花的河
是俯首戢耳,还是抬眼看一看头顶的天
龙头未必就在眼前,诗未必就在远方——
任何命运都是被日常填平的,然后磨平

磨平里有存在，有《广岛之恋》里的暗怀
还有街角、咖啡、酒吧，有艳遇和偷情
今晚不会有新小说派营造的那些左岸情节
那就回到"成都"或者"福州"的小酒馆里
目击一片又一片微醺、倾诉和初恋的叠影

叠影里有龙抬头，有夜色和离经叛道的爱情
有什么也看不见、什么也说不出的杜拉斯
所有的暗香都在讲述一个寂寞的故事
都在敲击卡门，都在血色黄昏里谈论主义
我想去看一场电影，让龙从电影里走出来
让它和所有颂圣者保持一段战栗的距离

距离就是夜的美学，然而角度如此贴切
那是一摊龙抬头的倒影，响应着我的眺望
把华丽转身的叙述和感动留给了我
今夜，一定会有一场鹤鸣九皋的龙抬头
我必须剃一下头，删减一些不必要的掩饰
写下几行"活在自己的语言中"的诗句——
这是海德格尔的节奏，带着透明的酒色

2023 年 2 月 21 日

格物春天（组诗）

光，是事物在落下

忽明忽暗的，便是光
事物总会落下，比如柳絮
像半梦半醒之间，有人对你耳语
一泓清冽追赶着清冽，以及晶莹

冬天留下的寒山瘦水，此刻开始肥了
所有可能存在的地方，都有光
窗前飞过去一只白蝴蝶
楼于是矮了下去，那是光染上氤氲
我设置了一个悬念，让光和蝴蝶相爱
光说，我会让你通体透明

蝴蝶开始追光了，事物纷纷落下
春天在普希金的水壶里冒泡
艾略特缓缓盯着他那干瘦的老婆——
你在，春天就不会死去

只著风不著雨

梅花忽然就盛开了，不在驿外
也没等到这个社稷的春天
陆游还在陆游，唐婉的黄昏独自愁
思想的针尖有光，像水那般闪烁

在一家小吃店,我看到不认识的脸
但我没有被说服,我用目光修补着门
春天在一个无用的日子里落下了
我读到它的真理,以及食物的法则

此刻,我的意志只著风不著雨
带着遗忘走进我的时间,凝视荷马史诗
我必须天黑之前领着光来到希腊
跟他们谈谈海伦,谈谈奥德赛

我与你喝茶

喝茶一定是快乐的,不需要太多的文化
我和你在谈论马蒂斯的一幅女人素描
就像喝酒时谈谈嵇康,或者陶渊明

我的茶壶里躲着一条鲸鱼,无处游弋
带着春天的事物和光,我看到水柱
我和你之间不存在什么海洋
你尽管喝我的茶,想象一种波浪

历史总是苦涩的咖啡,只有茶清冽
沿着春的阶梯,我在你的脸上看到家乡
海德格尔说:诸神太迟,存在太早
那么我们就离开四季,驱逐时间

一喝茶,我就愧对最初的水
然后忠诚地亲近那些草,那些茶梗
我和你,你爱江山,我去拂柳

春天的瓦当

莫名地见到一片瓦当,像我的幼年
我不想说出我的姓名和户籍
因为我的诗来自我的孩提,蝉鸣振振

如今我只能领着皱纹回家,探望窗棂
那片瓦当镌刻着思想的山林和掌纹
不说万古愁吧,就说一说门前的青苔

春天难道只为了折柳?柳永无柳可依
时间有时是空白的水域,只有目光深阔
再看一眼那片瓦当,衣衫早已脱尽

这个周三不下雨

有位苗姓朋友网名叫"周三的雨"
他在春天的树边种下了一棵小苗
那个周三有雨,但这个周三不下雨
不管有雨没雨,他都喝下一小盅酒
像荆轲拔剑狂歌于岸上,情怀归有致

他的身材可以把天空剪短,留下光的部分
所有才华都倾斜在微醺里,不与何人说
那晚的山林有风,还有妖娆的路灯
沿着最初的那一缕光,他想带谁远走

他用灯柱的真理写着纯粹的诗
躬耕于焕然生长的田亩,无始无终

他对着春天，在大地的身体上落下事物

我明白他的格物，这个春天不会寒冷
这个周三也不会下雨，只有南方的词

          2023 年 3 月 16 日

春天不被隐去

春天是最重的滑轮，带着雨水
我是它的一根轻飏的芦苇
没有穗子，没有字词，也没有意义

春天不被隐去。一滴水就可以让灵魂饱满
天空没收了我潦草漫漶的字体
那是我对尘埃和虫鸣的抄写
圣人正在湖底望着我，芦苇弯下了腰
这个春天，我保卫了一种非必要的生活
让风在旷野里拂面。所有日子都是真实的
就像太阳在跑，我在写诗或者品茗

春天里所有轻盈的升起都是永恒
只有中间色里的灰光，懂得亮
那一晚，我们彻夜谈论玫瑰
被但丁和茨威格治愈。于是想去摘水芹
想给一个陌生的女人回信

老歌总是被独觅出来的
就像在低低的野草中找到荫郁的林花
我们跟自己讲过去的故事
为的是再活一遍，最好回到五十年前
有一段暗红，就在那时被悄悄撩拨
我从没像此刻这样对她充满渴慕

春山总在夜行，春天却不被隐去
我想重新发明一下自己，或者重塑
在这个春天里指摘那些被修剪的诚实
然后寻找一个句子来安顿我的命运
草木是葱茏的，兰花是幽深的
它们都是我的汉语和我的修辞

如果说我们在何时何地获得过语言
——那就是春天一直没有被隐去
就像昨日不被遗忘，今天的每一颗星辰
都会咆哮地撞向光明，而不是坠入黑暗

        2023 年 4 月 21 日

牧夏（五首）

蝉声

树杈藏着夏天的鸣叫
像我少年时啜饮过的天空
这远古的智慧，滚动着山的气息
我一步一步接受它们的冲动
不为草木消融，也不为旧时的伤
窗外飘进来两片树叶
带着各自的秘密渐渐老去
但枝丫仍然在哗哗作响
因为谁也不宽恕谁
谁也都不需要宽恕

曝日

太阳吞掉了我的影子
躯体立马变成了风的旷野
乡愁敞开，我的名字已经裸露
听马拉美喊道："在沉没的深处"
风是断断续续的，却能识别爱
我像一滴墨期待融入暗夜
明暗之间的风景最成熟
有气息撕开我，洗净身体的盐
然后让骨骼咯咯作响

空调

像是修行的异教徒

一直把空调当作室内的修为
其实，那是一个不安的人世
宛如记忆的错觉和失重的时间
只有青草与蝴蝶能够任性
我这一杯茶，没有什么话语权
沉默的年代里只适合写诗
或者悄悄环顾四周，悄悄地问
总有一匹冷气，是悬挂的轻

夜　行

解剖理想必须在夜行的时刻
因为那时万物竖起了耳朵
鸟在左虫在后，我在时间的裂缝里
剩余的浑浊是被空间掏空的
我捡回丢在岸边的壳
在里面包裹了一滴海水
然后急急往回赶，但去向不明
因为去路也是我的来路
突然觉得，露珠才是无涯的
任何夜行不过是滑出夜的深沉

脚　趾

一位教授说，脚趾是有思想的
它能够聚拢足下的密度
更多记忆总是堆叠在暗处
或者指缝之间，让年代隐晦
这世界本如露水般短暂
却有隐喻在不断延伸

群山是被历史慢慢推开的
留下来的一定是我们的孤岛
书生的酒永远喝不下社稷
只能把自己养成兔子
然后去咀嚼诗愁，连接八荒

2023 年 6 月 28 日

七 月

四月淄博烧烤，六月贵州村超
现在七月了，还有什么等待燃烧?

一切无关咸淡，不吃萝卜不用操心

这年头，谁都不会让谁变得更聪明
摸一摸自己的脸颊，愉快抖动
然后将夏天的色彩充分发育

或者走一走那座古石桥
轻轻磨损那些粗糙的道理
因为我们面对的是河流
而不是什么人工漩涡

凭栏的永远是岁月
静眺一下，流水就把话题扯远

2023 年 7 月 7 日

七夕二题

尘的事

七夕是个形容词，附会了一群男女
就像黄昏时我总会想起一些人
他们挂着思想的吊坠走近我
把疯了的尼采和梵高再折磨一次
用海子的诗去填补月牙的另一部分
有人将声音轻轻一提
就认识了另外一个人，我却不能
我总是侧身而过，看天空无端卸下一块

我想在今夜认识脚下的尘土
它就是时间刻出的无名哲学
世间任何的事都是一堆尘的事
比如七夕温润的脸以及唇
一切都像汽车追尾，像树枝的词语乱颤
只留下一汪性感的水面
让我记不住自己是从哪里游来

风过于强劲，变得有些倾斜
我抓不住七夕的任何一个词汇
在寻找那颗吻我一念的星辰的路上
我丢失了两行注目和一行想象
七夕对我已经很遥远了，变成遥祝
只有那一堆尘的事还在忽悠我

我想忘掉天空,忘掉七夕这个词
独自摇晃,重整一下欲望的天平
把自己摇成一段无形的缱绻

画之思

朋友去北方作画,带去一盘蔡琴老歌
我在南方看他的画,一如看窗外的往事
蔡琴的慢拍是半壁胭脂
流光徐徐,洒落一山蝉鸣
我想昏黄就是他的画面了
他发来的却是一墙灰黑
像抖尽醺然的花痕
氤氲狼藉

谁在簇拥金大班出入厅前
张爱玲的咖啡椅依旧躺着一半悯然
旗袍剪开了百年爵士
眉心未秋只能锁住前尘的水墨
或潇或茫,早已模糊不清
一切都不会错过,错过的是夜
夜是一缕忽明忽暗的冷光
能饮一杯无?不知南北西东

翩翩作画的还是我朋友
五色晚霞,搅不动三十年代的谈兴
丽人徘徊月下,等待下一个七夕
哪位是今日渡口的旅人
媚惑着林徽因或者卡门

红尘落下，断成一截折翼的叙述
拥抱前世的离愁和今生的漂泊
山涧正在起雾，夜色仓皇
我把夜顶向大地的上颚
撕掉所有的竹林和水声
留下三分金粉，两分记忆
问一声自己：还想看他的画吗？
其实画是寂寂不语
其实有时只是想想而已

2023 年 8 月 22 日

立 冬

立冬是一座冷抒情，我穿过言词的暗角
捧一册《达·芬奇笔记》，风暴般进入草叶
所有的太阳都在领悟纷飞的情绪
光线悬浮起蹁跹的声音，伫立在晃动中
然而空空荡荡，像夜空失语的身影
清晨，在厦大校门口听两个人对话
没有主语也没有从句："哦，冬了！"

他们并不深畏语言，只是默默地吸着风
我却穷于表达，将言说割断甚至撕碎
为什么立冬的风扇还在咿咿呀呀支支吾吾
语丝四处飞溅，它们说不出恰当的理由
初冬这么早就收集了深秋太多的真理
如同落叶解释不清这个世界的血红雪白
从此以后江山成熟，却借一副久远的面孔
卸去美人蕉般的枝条，杳杳冥冥，像飞

许多年以后我一定会说出这个季节
它不过是时间的沦陷，最后无影无踪
我漫游在自己的思想里，如在天际独行
秋天还没挥霍完，每一粒沙子都读成简史
除了落叶，我的沙场不再是软绵绵的
立冬其实是阳光动荡的密语，无法定义
我手里正握着一轮悸动的落日

无论升入中天还是沉落，都是受潮的豪取

天不下雨，只有蜜蜂翅膀坠落的淅淅沥沥
谁在堆积一部断代史，藏不住月光迷离的心
如果黄昏的手指能够触摸到灵魂
我一定会褪去身上的薄纱，一步步逼近
画一个匍匐在冬日的人，飘拂天外
立冬就这么来了，像星宿砸出的意义
接下来的每一个慵懒都是时光从容的雕刻
等我举起斟满大半辈子星河的杯盏
我会揪住秋风的八百里絮语，一饮而尽

       2021 年 11 月 7 日 立冬初稿
       2023 年 11 月 8 日 立冬修改

十论平安夜（组诗）

关于圣诞树

这一夜，一棵树谋杀了我
雾锁横江，梦和夜一起老去
口袋里留着去年冬天那笔箴言
写满了我的空，也写空了我的满

关于圣诞壶

携一片残阳，再剪一脉青山
去造访魏晋，听竹林七贤吟唱
抽搐的街灯已经很瘦很瘦了
圣诞壶慢慢剥落，拦截我的盯梢

关于红男绿女

叶芝已经被一群红男绿女
掳掠去了夜里，没有人在等雪
只有我在老地方等我
摸一摸口袋，看看丢了什么

关于"禁忌"

赫本病重时，想回瑞士过圣诞，
服装设计师纪梵希为她借来了私人飞机
在机舱里铺满赫本最喜欢的花
并放入一款他为她亲自调制的香水："禁忌"

关于塔斯马尼亚

那年圣诞,我来到塔斯马尼亚岛
参观了具有惊人美貌的亚瑟港监狱
我想起巴士底狱、古拉格群岛和肖申克
才明白这是魔鬼的炼狱开出的"恶之花"

关于王尔德

我敬佩简单的快乐,那是复杂到最后的避难所——
这句话来自王尔德,他戴着一顶圣诞帽
让我明白:人生的每一件事情发展到最后
都要归结于人的精神炼狱,归结于重生

关于"不正经"

平安夜,女孩对男孩说:女人喜欢的男人
是那种正经里带一点不正经
但这点不正经还不耽误正经的那种
男孩笑了笑,问:我就是吗?

关于雪

有人去东北看雪,发来一张照片
厦门没有雪,我在整理太阳
平安夜,我们的身体里落满了雪
现实原来如此朦胧,悄悄地路过人间

关于狗

平安夜,一位教授牵着三条狗漫步校园
我对他说:你手里三条绳子缠绕了
他说:缠绕就是争论、沉默、再争论

恍惚间，雪的镜子里出现太阳的面孔

关于"至亮时分"

朋友来访，带来圣诞蜡烛和黄玫瑰
我说：圣诞的唯一，从清晨开始就是夜
那是"至亮时分"，是这个世界的人间清醒
当我们把影子留给影子，黑暗就不属于我们

2023 年 12 月 24 日平安夜

第二辑
路过的尘土没有多余

路过的尘土没有多余

路过木兰溪

此刻,车子在木兰溪边跳荡
像把玩在手心的鹅卵石,全是硬核
奔跑永远是脉络的一种宿命
疲惫能够消融什么呢?只有风
导航时时在分岔,视线越来越坚硬
我看到对岸树林里的斑眼

夏天无法潜伏,汗珠能晃动太阳
倒视镜里的纹理不断退后
我揪住一下速度,触到了一张脸

路过菜溪岩服务区
菜溪岩是我至今尚未打磨的一个结
我没看到它的轮廓
我的任何躬身都是时光弹起的幽冥
就像挂在海边的那张网
漏洞太多,钓不到一滴海水

菜溪掐断了我的一根烟
把身世倒立在天地间,刻几条影子
站立许久的光,隐隐约约地晃
把远方的目光暂时收留
脱离山峦的惊颤,只留下一菜一溪

未到日暮，谁在系缆
目光收回的一刹那，我把脚步交给故乡
一页页地翻，翻到少时的发际线

路过莆田西

不知道莆田西可以抛出多少故事
只记得不远处有座赖溪桥
小时候坐车经常路过这里去福州
那个急转弯，所有车辆都无法拒绝
就像一条弧线，倔强地划过头顶

今天，我只能送一个目送
历史本来就是一场虚无缥缈
再多的记载，也兜不住昨夜的星辰
包括梦的胶状物和神经细胞

路过的尘土没有多余，只多了一份思忖
左冲右突的记忆不过是海水的一滴
对于时间，除了压低我的声线
没有什么可以连续倾诉

路过壶公山

在车窗里双手合十
来自我一万年前的问候
那位得道成仙的胡公，用仙风还是道骨
把一座山倾成了壶
山上的凌云殿祀着玉皇大帝

千年古樟的裤脚早被几个世纪打湿

一壶在山，每一场致雨都是造福
都在莆阳大地完成一次完美的吮吸
在现实的所有缝隙里，有壶溢出
它不需要什么征服的高度

时间不过是一种依附，夜从不奢望月光
尘埃和山的壳表已经浮现
望眼欲穿不一定就能握住命门
朱子说"兹山之秀"，我想插入一节片段
让修辞和宗教在这里一路同行

路过莆田南门

这里曾经是一个五光十色之地
适合写诗，适合闲逛，也适合谈恋爱
所有棱角都藏在往日之下
许多木门的纹路喊醒了诗歌
我曾经在那里候车，也等待一个人

无论日夜，都有一派嚣鸣像石砾滑坡
我躲在一杯茶的空隙里踯躅
思念我的村庄，我的那一寸隐形的槃

如果日子不能洗去多余的尘土
那就给南门留一道老去的钥匙的痕迹
也许为了看一眼今日的南门
我的行走不断地删除退去的脚步

2020 年 7 月 5 日

乡情偶记

攀

小时候,龙眼树是我唯一能爬上去的地方
它甚至高过我的心,以及乡亲们的目光
一个小男孩站在树底下等我扔下龙眼
他双手捧着,那双圆溜溜的黑眼珠
似乎急于要把果实里那粒深褐色的核
当作一颗心蹦出来。我抛下一颗
他没接住。蹲在地上,他捡起了一个神

戽　水

母亲和爷爷在戽水,四条绳子一起一伏
稻田就被压低了。满天的云扯下太阳
一缕一缕压落群山,水突然安静了
我才记起来手里提着的奶奶做好的点心
一打开,一只青蛙一惊,跳到水里
留下最陡峭的一声,跟水一起泼进田里

溪

溪很浅,小鱼儿像标点,比雨丝还密集
沙在匍匐,干净得像寺院的钟声
我踩着水,步步惊心,寻找水底的纹理
风说:你好呀!其实风乱水不乱
我的脚开始沉默,开始遇到了险峻
对一条溪而言,水和沙永远是侧身而过

就像无需指引的自由，没有任何身外之物

老　屋

老屋是哲学的，连地上的蚂蚁也谈哲学
它其实像流放在地域的大纛，在活
也在死。天井就是死亡裂开的豁口
过去在升腾，现在在沉默，未来在老化
每个窗户都盯住过客的修行以及美学
只有面对群山的那三座大门，死命喊出
真理的某种寂静。我看见它衰老的速度
一些事物比记忆更早飞起来，比如风

晒谷场

那里已经长满了草，当然也长满记忆
它是大地硬邦邦的私生子，覆盖着苔藓
某个深夜我沿着意义纵横交错地走过
老屋瞪着眼睛看我，红砖如此沁凉
影子和影子在月光下较量斑驳
偶尔听到吱呀一声门响，存在还是虚无
夜晚一定教会我什么。突然有许多脸
像瓷器在晒谷场闪耀，但都认不出我

灶

噼噼啪啪的，永远是家的交响
我一直在灶膛里寻找风的制高点
爷爷俯下身，伸进一根柴薪点燃烟斗
风很贴切地来了，但没有吹灭
其实爷爷明白，把身子放到最低

才能将人生点燃到最亮最亮
此刻我蹲在灶前，想象当年炊烟袅袅
都没有高过爷爷一辈子的精神高度

石　臼

一槌子下去，空气就被压缩在风里
手心有一丝隐隐的握痛，像泛音
奶奶说可以举得再高一些吧
如同面对一口钟喊出你的沉默
我似乎是没有多少气力了，落槌歇下
腰挺直的时候我想起绝壁上的回声
它所要释放的，正是我心里的静

壁　画

小时候并不明白这是一堵白墙壁
胡涂乱抹，原来是夏天让我变得调皮
当我的笔一寸一寸地爬过屋
我想可以跟天井说说我的心事
时间优雅而温顺地闪向一边
像寓言那样，把一束扇形的光留给我
我重新提起笔，开始在墙上说谎
谁都不能解释我究竟画的是什么
只有檐下那只燕子，用翅膀拍醒了我

阁　楼

三个木箱搁在那里，藏着父亲的电子管
我不断地打开它，房间似乎是消失的
用手试探它们的神秘和未知的力量

这是一座被禁锢的大海，压迫我的心跳
终于有一天，我把它们搬到楼下
像鲸鱼驰入屋里，所有能量都在呼啸
阁楼，原来只有阁楼能够拴住它们
世界上的事，有些的确是不能敞开的

煤油灯

记不清那个晚上我挑了几次灯芯
对照报纸听完广播里的《红灯记》
奶奶加了一次灯油，说我被埋住了
我说我不缺少什么，就缺一种陈旧性
能够打动群山的除了小河，当然
还有接纳我从黑暗中走出来的光亮
那个时候不知道什么叫作拷问
那就问一下微弱的火苗：我在哪里？

2020 年 8 月 5 日

漳浦三题

火山灰

一千万张敞开的深意
直往一个口喷发,天被撞了个满怀
只有一粒尘埃飘落,譬如朝露
大海的每一声喟叹都能增加山的高度
历史粗大的根须扎在何处
就是乡关何处。我和王毅霖博士
混迹于那一堆黑色的石头
蹑足寻找海水的遗迹,听取考辨
这里没有麒麟楦的传说
只有被生死阻隔撕裂成的深渊

阳光趴在午后,湮没了谁
鸿沟还在,一个永远无法进驻的世界
活着巍峨的梦幻,以及季风严谨的语法
王毅霖说他爹用火山灰种植的地瓜
是全世界最好吃的。那些绿色的藤蔓不语
如同他爹那样保持着一贯的沉默
那只受惊的海鸥,是关于父亲的形象
正在划破一道成年的风景线
一滴水的飞翔,能濡湿远古的那堆火
与海相比,另有一种深刻的土就叫火山灰

赵家堡

恰似镜子迸裂，碎片落满一地
我在这里捡拾历史久远的记忆

浮名还在，白天泛起黑夜的余光
断裂的石碑连时间的灰烬都没留下

遗痕终究是袅袅不断的轻烟
架不住废墟已经成为另一片风景

那把疑似青龙偃月刀泛着夕光
轻轻一抬，可以砍下一座江山

通往远方的地道依旧是龙的出口
深藏着大地动脉隐蔽的呼吸

"墨池"早已无墨，书法家王毅霖一失手
就像少女打碎了一杯美酒，染醉空气

"读书处"原来也是漫不经意地伫立
收纳缤纷，当然也收纳来自混沌的雪

扶着拐杖的老太婆对我喊出的闽南话
模仿海马奔飞的姿势，诉说一座波浪

眼前的这堵残垣断壁抵御过箭矢
此时，它展开了瓮城的千年磅礴

抽象画廊

一群唯美主义的石头,像英雄走出迷宫
后现代诡异的策略,扯出的是历史的延宕
在海边,人类早年的记忆正在释放
我的眼神机械地翻弄
那些永远不会完成的复苏
跫然的足音,还能敲响绵延的神话吗?

走过一条《诗经》与《楚辞》之间的甬道
所谓伊人,宛如女萝与薜荔覆身的林妖
哪一滴水都经受不住风景的背叛
若隐若现,用遒紧的音节越过大海
迷人的抽象画廊如同王毅霖笔下的绳纹
勾不住的永远是那种不平衡的表达
我在恍惚的矩阵中俯首聆听
这个初夏还会有被放牧的星星竞渡吗?
一段在成熟中沿着大海方向的历史
我想为他留下一万笔惊艳的尊严

2021 年 4 月 25 日

榕城，一场坚硬的雨

强对流的苍茫，带来敌意的切片
坚硬的雨从地面下到了天上
水踩着我，天幕飞起一座残阳
想不起来落日与长河现在栖居在哪里
深刻的雨条一遍遍扎入榕城
积攒了夏天所有的凋谢，像从远古而来
前方有三坊七巷，有相忘的江湖
捡两粒芒果，以致敬的方式抛向空中
我削薄雨中的光线，让苍茫更加苍茫

三米之内，我摸不到自己的心跳
多余的影子如同南方一样嘈杂
我有蜿蜒的念头被雨覆盖
大美是垂直的，头顶藏着十万条风
走失的车马继续雕刻亘古的大地
只有雨是季节的豁口，洗刷一切坚硬

等着从雨林归来的星空吐出火焰
等着天人合一的青苔狩猎白云
等着泪流满面的榕树根须嫁给藤蔓
等着幽深的仲夏夜搬空女孩的笔记

深夜摇橹的人还在推杯换盏
水声淙淙，酒神已经被雨神耗尽

安泰河两边是林则徐和严复的棋盘
文官的车马炮就像隐秘的茶索
不动声色,却能敲定须臾或者永恒
榕树的浓荫渐渐发皱,渐渐膨胀
地底的器官徒步呼吸飞舞的夜
什么时候可以松开雨夜的拳头
捏紧一段时辰,把万家灯火嵌住
让满天星辰点亮内河的光

头发湿了,鞋子湿了,但心灵不湿
搁浅一生,守着一幅辽阔的地理
北边有屏山的万绿,南边有烟台山的雾
林则徐和严复的那一盘棋该下完了吧
今夜,我们不夸风只夸坚硬的雨
续写天空,上下杭的倒影星光四溅
流放出于山和乌山,如同两座紫微斗数
把赋写在上面,今夜一定有异象
这雨,是我一万年前被偷窃的记忆
如今都还给我,让我空出信仰的全部
再问一声:天青色,还等烟雨吗?

2021 年 8 月 3 日

恩施随想

突然就想起恩施,一个从未到过的地方
我在恩施的大峡谷等待《六口茶》
以异乡人的目光注视那片潮湿的白雾
我更相信,恩施土司城像花萼之唇
乌铁般开放出玫瑰,收拾起蝉鸣
我在等一个人,一个在梭布垭石林
凿壁的人。仿佛这一刻属于哲学
属于土家族和苗族的神迹以及秩序
当然也属于那一个我遇见的人

我的朋友去过恩施,对我说了恩施
于是我就把恩施当作了生活的一种
我甚至来不及写完这首内心的诗
《六口茶》就把我拽进河里奔跑
青山如果有风,我就不等细雨
我只在那里辗转、漂泊或者枯坐
我对于恩施不过是一场独白
以蔷薇的速度去反嗅猛虎
让手里的茶盏轻轻晃动一下
把一段感觉交给恩施,一个陌生之地
恩施的手法,包括神性依然如故
我终于明白:他乡就是故知
他乡从来是一面反光的镜子

为什么一定要想起恩施?因为

我在另一个异乡听到了《六口茶》
那里面有惊心的曲调，有风的咀嚼声
我想起一位夜里戴着草帽赶路的人
许多事物仿佛是黯淡的小火焰
就像天空放下了神农溪和腾龙洞
都在聆听内心的那一片流水
我却始终是一张没有出场的筏
等待水中的竹叶把我从梦里捞起
那天，我对恩施的一只鸟雀深信不疑
它是土司留下来唱《六口茶》的
我像个路人乙，捡起一粒事实的尘土
告诉我的朋友：乡愁只是那一声咕噜

我身体里的沟壑有了一些恩施的水
浸润着那种久违的激越，诗意蜿蜒
晨光很碎，我的眼神在垂钓一枚浮莲
其实我是在梦境里把恩施想了一遍
我寻找一个恰当的位置安放恩施
安放森林、河流、山石甚至太阳
我把《六口茶》织进回望，也织进
我未来的那一场说走就走的秘旅
恩施的树叶簌簌，一朵云都比我结实
其实恩施是一座令人躲闪不及的漩涡
到了那里，你只能把自己深陷进去
然后去认真地沉吟一段他乡的历史
这个时候，我想我该从哪里醒了
将一枚新的乡愁，拍打在那座鹤峰上

2022 年 1 月 7 日

夜，断在尤溪洲大桥

坐在车上，依然把手插进裤兜
安全带是耶路撒冷的"冷"，不停地抽筋
我的头发有点乱，但抽不出手来捋捋它

尤溪洲大桥匍匐在深夜，像一个人躺在江面
风说，他的姿势需要修改，才能挨得着他的妃
妃裸露的是右肩，眉心有露，像树叶滴在窗户
想抓一把星星撒在妃的胸口，结果摸到的是碎沙
妃依然那么袅娜、逶迤，让夜空感到无力

其实，没有哪个王能扔下妃，除非是暴虐
尤溪洲是个好听的名字，如同一张美人靠
坐在那里，可以在妃的背上题诗，那不算残忍
王的影子在江水里晃荡了一整夜
他递给妃一张古琴，以及弄琴的指甲
暗夜里我看到江面在收缩，在掩住多余的光线
明暗之间一定是美妙的，就像侧身而卧的妃

这个夜，就要断在尤溪洲大桥上
因为妃要入眠了，要去注释梦中的语义
我依然把双手插进裤兜，等待妃的颜色
在所有怀旧的情景里，我们都是主角
当年并非同桌的你，却是在水之洲的一个点
木心说：无知的人总是薄情的

为什么一定要将夜断在尤溪洲大桥?
因为我曾经坐着妃的电动车，在那里飞驰而过

诗的任何词汇都有隐疾，但它具有灵魂的重量
没有人能够躲过命运的潮起潮落
生存的法则是用来燃烧的，甚至用来寻找那张脸
即使目光深深，也需要平静地望着群鸽飞去
剩下心里那座空旷的容器，就能载得动妃的愁

2022 年 7 月 9 日

埔埕十八巷

在我心里，它是个鹅卵石铺陈的默片
是行走在炎炎夏日的十八滴雨
然后汩成十八湾水，启封十八坛酒
每一湾都饮一口时辰，就醉满整个永泰
星星在那里迷路了，只有披着斗篷的月光
静静地睡在十八巷的窗台上
看万物朦胧，看七月被割去最炎热的部分

十八巷藏着太多神秘的故事
迷宫、戏班、族谱、铳楼、橡板龙灯
以及风留下的秘籍，雷电擦痕过的虎尊拳
那一段嘎嘎作响的历史总在策马而来
翘檐灵魂附体，让所有的尘封喘不过气
十八巷每天都在狠狠拍打自己的名字
叫醒它的主人，叫醒家族里的所有幽香
我不是十八巷的主人，但在怀旧的情景中
我们都是主角，都不会隐埋身世

十八巷是我神秘的触感，悬于我的想象
每一个道口都有斑斓的归去来
一方土佬都住在山的皮肤里，世世代代
乡关何处？乡关就是万世不舍的守望
还有多少个四百多岁的菜篮公？
还有多少个悬壶济世的油坊仙公？

还有多少穿细布的先生和穿粗布的农夫?
石井栏和石敢当一块块从大樟溪浮起
为梦续命,为春风皓首,为未尽的往事弥漫

十八巷是一块未了的地盘,是意难平
在传说和历史上被翻动了许多遍
巷口深处传来的那一声小小的咳嗽
都是无法漾开的喧响,像二胡拉出的丝
吱吱呀呀,嘶喊着时间的逻辑
在十八巷那些窗棂张开的拷问视觉里
我读到了衣袂飘飘,但没有人看见草生长
那里没有风流之徒,没有里尔克
但依然有着属于它最好的年华,神往前朝
异乡人走过那里,遥想会使他变成一个灵魂

叶芝写完《当你老了》,我就想起十八巷
在那里,可以问上帝要光、要风、要雨
可以去溪岸边捡拾那些不辨死生的石头
把所有面对黄昏的诘问,收回记忆的镜中
让我漫长的一生,始终平静,始终清澈
在我语言的猎场上,我私藏了十八巷
借以参悟彼此,给我灵魂的幽深

2022 年 7 月 25 日

木兰溪,我从家乡带走你

一直在寻觅一处梦中无尽的风景
木兰溪,一个简单又永远不可能讲完的故事
水面连续的倒影,泅渡了草尖的战栗
带着莆仙方言的水系流淌成生态的奥义
我的道就在心之所思,就在壶公山的典籍里

在这两百里之内,莆仙子民是平等的
我们可以握手,互相剥离一个村庄的词
互相凝视这个世界里彼此的晨昏
在溪水的映照下,兴化的轮廓更加分明
水对于我们,是一种无形的秩序
在所有庞大的遇见里,木兰溪可以站起来
像一抹炊烟那样,向天上流去,流入天际

木兰溪,等你明天喊我,我离你不算太远
小时候我离你也不远,但你的名字
一直占用着我幽深的信仰和广阔的梦想
家乡的那条小河流早已经变得狭窄
于是,我像一个缺席者总是躲在外面
只有木兰溪,是你留给我唯一的家乡信号
我甚至想你就是横卧在莆仙大地的一棵树
被壶公山永久地注视,望出一颗蔚蓝的心

木兰溪,是此刻和遥远留下的弯曲的痕迹

是千百条泉涧汇聚和奔流的历史
神有一千种算法，算出你的金身
大梦江山，治理是一场朴素的乡村哲学
它制造了一种持续的绵延，把家乡抬高
我曾经在木兰陂听到一座轰鸣的故事
那是木兰溪的胃囊里溢出的渴望
在那部志书里，我读到你的全部疼痛
水可以汇入更大的水，也可以消失于尘埃
木兰溪，你以奔流到海的尊严和初心
剪下一段时间，长吟不尽"欸乃一声山水绿"

无论在哪，我都觉得睡在木兰溪的梦萦里
那是我从故乡带出来的柔软的魂魄
还有被臣服的美，以及醒在家乡的逻辑
当壶公山以一壶在山的致雨姿势唤醒我时
我明白木兰溪水已经从我指缝间流出
就像李白的剑阁淌下的陡峭的诗意

木兰溪，我从家乡带走你，手抚云鬓
我盘算我静好的生活和隐喻的存在
我有一万根叹词，想跟莆仙的兄弟们约酒
一觞敬光阴，一觞敬妈祖，一觞敬钱四娘
再把最后一觞，敬给永远装不满的木兰溪
这种盟约千年不死，像驶出去的船帆
总被阳光映出的轮廓拖出，回到杯前

2022 年 8 月 16 日

永泰词

大樟溪从不说出什么定风波
把整个永泰折弯了又拉长
它来自侏罗纪，说着中生代的故事

云顶拽住月亮，扔给了丛竹
梅花一忘记飞翔，李花就前赴后继
远年的目光，只收回一座百漈沟

天门山有贴身长枪，扛在了日常
初冬的雨，一寸寸倾城而来
香米拉喷出的，依然是青云山的血

方广岩娶谁家姑娘共饮一杯无
石屋下的那件外衣，将梦提前携来
仿若青瓷背后的镜子，净澈而通灵

嵩口是一枚吊坠，早已挂在古渡
月洲姑娘提着一个摇晃的瓦罐
听张元幹在说：天意从来高难问

2022 年 11 月 24 日

厦门闲篇（五首）

厦大脸谱

一百〇二年了，漫长或者缓慢
每一寸脸谱都具有海的重量
就像沉入杯底的盐，具有绝对的深

曾经投入你的怀抱，不，那是一片原野
某个暮晚我向大海凿碑，为了刻下浪
在语言的支点上我选择割开世界
将一枚隐疾置入风的形式，然后清澈

厦大，新了又旧，旧了又新
我在所有脸谱中寻找我唯一的脸
海在颠沛，风在流离，哪一个是我
哪一个是远到呼吸的远——我依然有爱

双子塔

两座孤峰，只有风跟它们较劲
像山石压过泡沫，始终压着大海
没有飞的时候还是要飞，在水之外

两片风筝，开着无数扇门窗
项王、虞姬，甚或布衣，都在那里跳舞
但没有一个是我。我就站在它们脚下

海在用一九八〇年的口吻和我说
我说，我的昨日一米都没有移动过
即使今日，也不会被轻易掠过

我在厦大校园里望着它们
如同听一曲《广陵散》，无始无终

演武大桥

潮起潮落，你都是一根被天平托起的针
挑起晨昏的每一轮法则，勾勒海底的罂粟

乐意被堵在那里，听着落日比掌声锐利
黄昏就是一场诘问，让海岸伸出漫长的极地
海鸥像时间那样飞去，没有隐身乃至殆尽

蜿蜒是行走的雕像，要回到海的镜中
对于它，任何想象都如同空无一物
大海的信仰有许多皱褶，以及重复的荒诞

隐喻都是平面的，只有思想能够支取经验
一座桥，像一个人在雪中，演着武也演着文

远眺鼓浪屿

一抔土，悬天而挂，此去路迢水长
看不见酒肆，但依然藏名几十春
岸边柳枝可折，桑榆无需酒也无需故人

鸥声很慢，浪波连接八荒
对岸的光谱太多，只能远观不可近抚

不要摇晃我——日光岩还能说个啥
悄悄问一声：天下有哪一块石头喊过疼？

天地其实很宽，为什么要选择这片海
我无法说服日月，只能让它包容
当我让眼神一溜而过，一本书就被翻出

整个岛都是静不下的心和静不下的人
钢琴是突然多出的声音，让所有影子凝固
如果可能，我想敲击鼓浪屿这座大琴键

南普陀

一墙之隔，我与佛缘交集或者悬空
额头的悸动可以跨过虚无，交换那堵墙
修炼就是反复拼接自己，回到证悟

梵音阵阵，像坛城里磨砂的修辞
神秘总是充满定数，让每一滴水退回内心
不能溢出自身，只能止于静寂和至善

时间粗砺地越过栅栏，我的幽深依旧柔软
在一间词语的收拢之中，找到我的剩余
那么，就让我的经验被神逗留或者俘获

似乎必须再经过一次，切开入睡的大海
任何轻盈的存在，既是宿命也是意义
那一列青铜的低鸣，正在叩响精神的暗门

2023 年 3 月 2 日

追夏的厦门（三首）

仲夏夜无梦

其实是一场雨去追夏的
忍不住要拔去春天。一滴雨的冲动
就可以让所有的直觉卷入夏日

海边。没有风，也没有羞涩
阳光万箭穿心，刺痛海的一万粒雀斑
来不及散发，脸庞就像门咿呀推开
这个午后已经不简单了，有人在冲浪
写下大海的第几个字，笔迹飘渺

海边的木麻黄有多么好，一堵留言墙
校园内的凤凰花如同桃花酒红透
捧着海螺的男孩，握的是海的麦克风
他一遍遍地吹，我一遍遍地听
像那首古老的歌谣，吹醒了一群小螃蟹

礁石抓不住什么，只会镌刻出夏天
海是忍耐的，每一阵咆哮都在努力节制
夏天来得如此轻易，但这个仲夏夜没有梦
只有一叶小舢板像一滴墨漫向远方
于是我藏起体内的盐，让骨骼嘎嘎作响

设色的五老峰

五老峰就在窗外,其实它不够凛然
一束被撩拨的力量,是经验以外的陡峭
拔地而起并不是每个人都会拥有的
屏住了呼吸,才可能挺直脊梁

然而你可以对它进行设色
甚至将它想象为倾圮的静止
色彩的意义全在于影子的深浅
就像风的摇摆会为我们重构一片飞羽

白鹭的长喙有一半就置留在五老峰
在光线抽身离开之前,划来一片沧浪之水
任何不存在的故事都可能存在明暗
要么艳丽明媚,要么黯然失色

筼筜湖

太多人把筼(yún)筜湖读成筼(yuán)筜湖
我至少纠正过一百个人的读音
想想也是,就像许多人喜欢听音乐
都在为自己看不懂的乐谱着迷

坐在筼筜湖边的一家小酒馆里
我想写一首类似《成都》的《厦门》
还没啜饮,就被浓重的闽南语歌曲抓挠
走到这里的冲动,也许就因为我的直觉

读大学时,我参加过挖掘筼筜湖

今天我在它的词语意义里重逢
省略了所有的光线,让时光独自生长
在通往自我救赎的湖畔提灯

      2023 年 6 月 12 日

乡村纪事（五首）

族　谱

我不太相信族谱，只相信躬耕
相信坤卦里拖出的那座老宅

族谱记载着本家乃杨五郎后裔
翻开扉页，听不到宋朝的喊杀声
溯源而上，南渡的那一支
从传闻切入杨氏的脸谱，絮落无声

旧时的司马之冠哪里去了？
变成后人的一领蓑衣，厮守几亩老田

溪涧里深藏血脉与水芹
远山淡影，凭吊一堆卦爻之辞
还有清明的野哭，举行着摇曳的祭祀

谱系的宿命很轻，乡村很重
我想空无就空无了，无须盲目记载
当年的兵荒马乱，早已化为一缕青烟

半亩方塘

举着一茎枯瘦的芦秆，头颅太轻
世俗的水面没有什么沧桑
一条小鱼如同逗号蹦出，离弦而去

水的那一片美学已经老去
我不禁问道：水里卧底的是否经学？

此处不适合野渡，也不适合舟自横
谁撞了那枝斜插的芦秆都是罪过

于是我想扯出几丝微澜
让夕晖染红河塘，再度摇晃乡村经验
入伏比沸腾的目光还毒
空气只剩下鼓噪，嗡嗡而鸣

如果水的定力不在于深
我会说：乡村的名字不会老旧

一座石桥

石桥是我儿时的记忆
但我的出生与它的架空相距太远
那里留着我当年讲故事的余温
像藏起来的隐痛，只能唤醒肌肤

石桥其实是柔软的，没有断垣
桥底干涸，像我的诗句被抽干脂肪
溪岸芦苇萋萋，饮尽满别之情

水哥挑着一担青菜上桥。记得那年
我跟他还有一盘棋没下完
我就去上学，这个故事于是缺损

还好石桥没有缺损。后来我觉得
人性要是缺损了，就一定无法弥补

谷　场

老屋门前那片谷场从前从不沉默
永远的一万两千块砖，没有多余
缝隙里挤出一片荒草，包括我的词语
每天都在喊出某种寂静的真理

少时遇到的货郎担、乞讨者的竹鼓
修行的过客，都已经被放回原处
还有那些比记忆更早飞起来的事物

吱呀一声门响，不是存在就是虚无
我想去追赶老屋瓦片上的那道光

谷场红砖沁凉，无法丈量我的思想
甚至，我不想和一场雨争辩
只想捡回那一颗鸟声，填上过去的韵脚
再抹一点前朝的胭脂，不让它老去

村　道

村道蜿蜒，有故旧的纹理
以及匆匆路过的我，脚步有些乱
小时候一直觉得村道是能压过群山的
而风不能，因为风只是一种镜像

我和村道永远是侧身而过
像一册翻而不阅的书，无须指引
乡村的风不乱水也不乱
迎面遇到的发小，还是那张脸型草图
此时不说牵挂，因为牵挂只是一个说辞

也不去说沧桑，因为沧桑是痛的美学
在乡间我没有任何身外之物
只有和水哥那盘没有下完的棋

我甚至不去写那些传奇，只留下记忆
村道蜿蜒，怎么写都不会写到最后一句

        2023 年 7 月 11 日

故乡，我的词语长草了（组诗）

残墙，一堵不死的词

土坯、鹅卵石、众瓦还在残喘
坍塌不只是事故，那是叠了一辈子的往事
当年拼命垒高它的存在，如今突然颓落
倒下，依然是一堆不死的词
以及震荡的哲学，还有拔不掉的祖训

捡起两片瓦砾，想起爷爷那声陡峭的叮咛
必须锁掉所有的往事，留下雨痕
那年爷爷就从这里背井离乡，下南洋
此处的地界曾经漂浮着民国的词
它从不背弃，始终目睹那张缺席的脸

爷爷啜饮的那碗地瓜粥一直烂熟于心
门前，他坐过的青石磨出一堆光滑的道理
故乡没有失去，即便远方已经将他推远

我数着残墙，让每一丝旧日的墙缝
都嵌入词语的飞沙。那是不死的家园

河流不再柔软

曾经在那里捞蚬子、溪鱼、河蟹
如今溪水不淡定了，老得比唐诗还快

流年是一片上锁的瓦房，檩条青筋暴露
雨水柔软，溪流坚硬得如同失眠
当故乡被端起时，我收拢了一声涌动
爷爷说：老天淋湿你，也会晒干你
只有顺水而来顺风而去，才是你的抵达
我仿佛看到爷爷挑菜担时换肩的位置
在那座石桥下面，他拨开一片薹草水泽

河流不再柔软了，像一条锈蚀的眼缝
我丢失了一个词，找不到更多的词
所有的思想都在地里痴痴地等我
我盯着平白无故的河床，想割掉一些芦苇
那些多余的蛙鸣无忧无虑地在镖射

我决定留下三两只麻雀，说说那一片水
然后沿着步步生烟的古道
去寻找这条偷走我的记忆的溪河

怀念一棵树

那棵树干曾经砸坏我家的猪圈
猪仓皇逃出，如同一记漂亮的扣球
台风像十万枚符号抛向地面，慌不择路
谁能摁住风的情绪？漩涡的语言是疼痛的
只能叩响季节的暗门，让词语在旷野里逃逸

后来我去当知青，去上大学，树也没了
我不能不去回忆那些认真的绿
少年时没有把自己交给那一片树荫

我的词语苍白，整个村庄都为我后悔

那年我回老家，故乡的回声略显浑浊
我像旅人走进荒漠，拍遍三千里江山的旧词
那片龙眼林热烈而静寂，宛若夜构成的唇
最年长的老树一旦默不作声，太阳就会走偏
就会让青蛙鸣叫九千九百九十九次

如今我不时怀念那一棵树
就像把故乡的呼喊植入深深
故乡没有虚度，我还是那个制造词的人
继续捕捉老树的颜色，递给太阳

晒谷场

这里已经长满了草，我看着草生长
永远的一万两千块砖，没有多余
就像两个世纪前的沙之书，词语完整

傍晚的风，一定是我怀旧的主角
深陷龙眼林的月光，让旧事一桩桩解缆
那些充满硬度的方言说着田野的风
说着当年晒谷场上说过的美人以及八卦
我抽着一缕又一缕炊烟，看蝴蝶纷飞

晒谷场记下了丰收的微醺和晃荡
那些季节，人间万事在磨着一堆慢念头
晒谷的小姐姐如今哪里去了？有些事
在流年到来之前就已经翻开——

她告诉我，晒谷就是把太阳捧在手里
不能对雨漫不经心，要有一种疾走的眼神

晒谷场有两条道，一条返回大地
一条留给不下雨的天空
在任何有风的地方，就有田野的词语

纳凉词

纳凉是一场聚集，我找到甲子纪年的一个词
坐在香雪海的晒谷场，听老人讲古
前夜虞姬，昨晚项王，今宵就是狄青了
重复的故事，像脸谱固定在我脸上
没有人说自己要飞，也没有人较劲
我跑过去追赶萤火虫，似乎走过十个世间

老人终于讲完了，夜也凉了
我把掠过今日所有的词抚摸了一遍
发现我的想法是一座孤峰，是山之外
是和天地见证的最后一些词

有人在拉二胡，把夜拉成了丝
阿炳已经越过琴曲，也越过空茫
纳凉是一场走过，是我缓慢割开夜的舌头
寻找一滴水的野心，让茶和我溢出这个夜
然后一道沉入杯底，沉入故乡的修辞

2022 年 7 月 22 日初稿
2023 年 10 月 30 日修改

九鲤，一座有梦的湖

像一部重临岁月的影片，叠映一列往事
故乡有九漈之水向我荡出，雕琢我
九鲤悬天，路迢遥，此去山高水长
八荒雁声已慢，转身千年就是桑榆故人
百川归海，一切流经都始于热烈终于博爱
在从前的夜里有一座江山社稷的梦
能囚住十个月亮，放走倾听，抹去遥远

一念成魔。我的故乡有一千个闰土
倚着山崖思考，即便碎裂也像水一样完整
远方有神的呼吸以及信仰的褶皱
每一壶酒都养着喊过疼的石窝
那是祈梦者深邃的目光，拥有参悟的日月

故乡叫作仙游，如同假想的名字
天空的密钥锁住一座神秘的湖
审美是一场必杀技，像左慈拨簪分酒
神仙俱在，最古老的瀑幔流经我们
耳际有念珠响起，如同山峰响亮的骨骼
记忆中最靓丽的影，紧握一枚静默
影子一定是真的，叠加成词，压榨为酒
有梦在临渊提灯，永远比远方的风快

九鲤湖的一声叮咛，种下我平静的诞生

我说不出雨的编年史以及染釉的日头
碧水丹山止于擅胜,飞瀑已经丰满
每一滴水都是隐喻,都是可以支取的经验
九鲤始终清澈,我想抱水在湖中老去
做一个暮晚山野的凿碑者,刻入十分——
三分给故事,三分给故乡,三分给故人
留下一分,酿就我最初也最简单的梦

       2023 年 11 月 18 日

筼筜湖（组诗）

呼唤一滴海

天空并不是真的
湖水飘过，云彩也就过去了
哪儿都是可见的，哪儿又都不可见
看不见的时候就让风吹过
你在那儿和我不在那儿，都是过往

海是一滴逗留在人心的诗
把十亿个誓言的光泽，流向湖
信守诺言的海掐碎了浪花
它们拥抱分离，也拥抱潮汐赋格

我以为我摸到了海，其实我摸到的
是一座不安宁的时间，像螺壳里的酒

白鹭翻飞，衔着罂粟般的记忆
我们走在湖边，等着鱼在天幕中醒来
附近的海湾公园没有分界，也在唤回海

鹏鹏

鹏鹏在水面啄出时间，与碧波交换词
像临近酒，它们临近海的性

钻入水底，衔出一条鱼

周围变得鲜活，但输掉了凿好的伤口
水看到自己的起伏，以及在縠纹间的闪耀
却没有语言能够解释鱼的七秒钟记忆

鹧鸪用翅膀扇动太阳，串起语言
我发现我的黑暗的存在，找不到逆流
所有词痕都是开凿出来的，如同日子的裂隙

阅读一条鱼是创伤的，没有水愿意屈从
只有这座湖在喘息，在听我的思想
被鹧鸪游过的湖水原来可以如此啜饮
鱼是朝它游上来吗？疼痛拦住了时间
诡计多端的天空之下，到处是尘埃的色彩

言说有时候只能是冒烟的灵魂
一旦融入，你就具有了鹧鸪的目光

倒影的祛魅

影像和音律，可以不合时宜
但可以交换时间，交换一座湖的标记
湖水最缓慢的涌动，都是它们的和弦

哑默的冬天有时是不可命名的
有事物正在走向你，像非时间的预言
我们的祖先都躺在乌有之乡里
有嚓嚓的回声，进入冬天的芦管
从倒影看倒影，才知道它是用来祛魅的

策兰说，灵魂是雌蕊，天国是雄蕊

倒影的虚无，就是空无其主的玫瑰
我灵魂的山脊，终于有荡漾的波在交谈

湖水的呼吸升向太空，像漂浮的太阳
谁能使我变暗呢？只有碎裂的时间
从鹧鹧的注视中我开始计算倒影的缠绕
风在吹拂一朵雏菊，向它索要更幽深的爱

远去的湖岸

湖岸有一千道真理，为远行提供密码
不曾被听到的湖水，它仅仅是一面之词

它必须渐渐远去，只把碧波留给我们
湖心岛其实是伸向胳膊的失落者
带着明亮、疼痛以及那一滴海的名字

伫立湖边，我躺在巨大的窃听中
就像在伊甸园旁拐弯，找一个神秘的"你"
哪里有风烟角，能够让我们饮一片花唇
然后用一个词追溯渐行渐远的影子

一面湖水，仅仅是一面之词吗？
时间总会流逝，声音总会抵达流血的耳朵
把熬炼过的金子般的沉默留在这里
这里将不再有半亩岁月，写满我们的记忆

我把嚓嚓声鼓荡在行道树的枝丫里
在未来向海的湖面，刻下赟笃的名字

2023 年 12 月 10 日

第三辑

执灯而立

端阳二首

离场兼寄屈原

你只是纵身一跃,汨罗江就顺势倒下
直到五月五,才把你和酒壶一起捞出
青蒲和雄黄都变成问号,问天问楚问秦王
"离骚"原来就是离场,昨夜的梦早已脱臼

楚国像一个被锯掉的词,一路爬满蚂蚁
它们在搬运王朝的背影。你最终只能用
江水洗去身世,向芦苇深处预约死期
然后以一苇渡江的姿势,剪断你的沿途

千百年来,你不断加重龙舟的心事
龙舟其实是虚无的,它只能退回遥远
越变越窄的历史,处处中伤雨水的表情
等到某一页长出喉结,节骨眼也就到了

突然想起有一粒粽子还没开苞,就被
埋入秦王的枕头,留下一声绝响
后世的虞美人再也不唱《后庭花》了
一抱琵琶,一定会比楚歌更加悲怆吗?

端午是江河的一曲倒悬,美需要忍住
从初一到初五,日子吃水越来越深
《九歌》在楚《天问》在心,寄存在岸边的那个王

再也无法回头看你一眼，因为雨来了

端午再寄屈原

那一刻，汨罗江水倒流了吗？
问天问地，你一次次叩问自己
什么是举世皆浊我独清？
什么是众人皆醉我独醒？

你终于不醒。渐行渐远渐无书
沧浪之水浊兮，可以濯我足

千古死结。所有动作都是无梦的动作
你开始一种真正的水中流浪
你也开始一次折断桅杆的壮举
失败的季节，你虚构了一个端午
然后再预设立场，抱紧落难的水

什么是不沉？《天问》如此惊艳
你以迁客的仪式完成了水的超度
把死后的那一叶龙舟，划出静止

太阳记录了这一场孤零零的飞行
我贫困的目光停留在长满鱼骨的沙滩
其实，那里是灵魂碎片最后的牧场
不断梳理出各种遗忘，还有各种哲学
汨罗江没有变色，直接融入我的茶杯
恐美人之迟暮，像我九岁时的遐想
我开始分辨那道光洒下的使命

有个单薄的秘密，跟随着浪花跳水

我该送你一盏渔火，照亮离骚和九歌
黄昏接连被撞碎，自由无迹可寻
逮住一只锋利的水鸟让目光偷渡
刺探那片陡峭的隐私，然后隐身而去
英雄还气短吗？古典主义一直在奔跑
诗还在，远方却永远搁浅在远方

最后一个音符消失的地方，靴子落地
年年端午，江河会为你吐气还魂

         2020 年 6 月 24 日

今夜陪严复喝酒

今夜，我准备在安泰河边
陪严复喝酒。眼前漂浮着他的影子
脚步破镜而出，点亮手里的灯
他用一部《天演论》猎杀晚秋
撑起六分之一的苍穹，只有天床柔软
酒杯一踏入身体，我的血就被点燃

我乐意做他的影子，让青苔味的风
卷入呼吸，我想把群己、自由和内河
变成一座倒影。他思想中弯曲的部分
被我用酒杯接住，倾入紫丁花丛中
一抬眼，林则徐就站在河的对岸
那是个不老的影子，照亮此在

我觉得自己就是个杯中人，在思想之外
原来老不老都是自己的事，只有
冷色调的酒和我的呼吸一起奔跑
既吞没着时间，也融化着黑暗
但我记住我的名字就叫飘零

臆想着一个停不下来的秋天
于是小心喘息，不去碰伤周围的空气
我是被发现的，因为我的存在捕捉了我
即使我词语的贫乏就在暧昧的边缘

我也想用水或酒创建一种宗教
同时释放一座严复的影子，让黑暗虚无

瘦瘦的冬天就要来了，我想用我的孤独
赶走我孤独的冷。启蒙是严复的手
它一定可以敲门，却不一定是看得见的
那就在今夜陪他喝酒。在郎官巷花园里
看管我一时的失眠，豢养我的安谧
再把这位思想家的帷幕徐徐拉开
捕获他最后的箴言。月光从来不会迷途
思想总是拾穗者的方程，每一次弯腰
都如同黑暗思索着光亮，而无须醉
严复，终究是酒杯里的严复

2020 年 10 月 29 日

少年老杨

我想这么称呼自己,就像少时
那些穿过的衣服至今还在穿过我
浮于忘川的为什么只能是花朵
我的欲望驶入暗河,让我忘记尘世
那年我在莱茵河畔一座城堡里见到我
那是我的前身,我的存在主义来过
我来过却又离开了,因为事物都还在

小时候我在老家找到一把剑鞘
以为那是爷爷留给我的礼物
然而父亲没有用"剑"字为我取名
我就用它起了个笔名,像罂粟
像水递过来的水,没有素手如盐
携带一杯暗夜,我坐在石头上写诗
日子总是莫名的,谁在杀死诗人
我把被折叠的世界装入剑鞘
将所有静止的力量都变得成熟

少年老杨其实就是投井捞月的我
半生的欲望都在河流上漂着
有一次我预言他人的归宿,自己就老了
那个元音究竟停留在何处?我失声痛哭
我只能把音乐和地瓜粉搅拌在一起
就像哲学与牛肉面,依然是教授们的话题

那么,就让这个世界继续折叠吧
其中一定夹着一个我:少年老杨

     2021 年 3 月 17 日

在论文里自娱的女博士

顶楼。午后半掩在拖鞋里
书房的那个角落终于要风化于天渊
一个枯槁的女博士在撕裂巴赫金
无数条空气都包围着她

那一座浴缸像干瘪的船
垫着鞋跟上岸。温水一丝不挂,喘息
摇摇欲坠像群山落下来,摇漾纸上
水滴细密地流离,把光阴切乱
无底的下午,或者傍晚
一张男人的脸战栗成水的皱褶
目光塌陷,被时间逼视
镜子忽明忽暗,苍凉得通体透明

女博士拍案。没有什么可以万劫不复
泪水在弦上欲滴,咬紧半唇
时间就地坍圮,我是我的隐喻
所有文字都是语言的遗址
我会在我之外醒来——
这是一生的阴谋

眼神冰蓝,依然是黄昏的溶解
在永恒与必然面前,谁是谁的囚徒?
论文,如何可能?

诗,如何可能?
无尽放逐的海岸线正在被人收捡
她与风一定是亘古相依

写吧,我的论文。可以把去年的风
再临摹一遍,然后去低眉
或者自娱
键盘是一座废墟,有玫瑰扎手
论文血迹斑斑地收紧视线
当你成为时间
只有卜辞的胚胎不灭
剩下一个巴赫金,在呻吟

2021 年 3 月 27 日

少年，或海的夜

夜飘落。该收拾了，人生
包括破绽的灵魂。我在想少年

海有来生吗？记忆如同宿命
浪花总是被天空阅读的

我把夜还给夜，只留一座窗外
面朝大海，那里有罅隙

所有地址都是少年的独白
不着一字，退进更深的海

那个少年说：那时我赤条条

跳下去，一不小心洗了个澡
摩挲一遍水，遇到了纯粹

桅杆的琴弦是干瘪的
像雨丝在舟中倾斜

虚空如果能够被镂刻
时间如果能够被回拨
他会把一生一次的相遇
交给雪，一层从深处辨认的肌肤

夜给大海披上一袭黑雪
少年俯卧沙滩，顺着月光
等待一场永夜的邂逅

推开窗，少女在纸上雪酣睡
少年起身了，呼吸更轻的领悟

前尘只能是月，海才有来生

想到一个词：隐秘触碰
不用打开封面就知道一种生存
遗忘是被拣选的水面，无法裁剪

瞳孔下的螺旋线正在下沉
每一个角落都在潺湲

来不及的风声沿着结局而至
少年撑开伞，泪眼滂沱

故事的开端里就有结局

海的夜在降落，星辰长出了颅骨
愚人节像午后被云窃取的心事

泪与流泪，都是彼此接住的书页
还有谁的梦在替少年醒来

2021年4月1日

写给两个外孙女

她们都是维多利亚笔记里晃动的草叶
能在一架钢琴上撩拨我的思念
演练恸哭的那一刻，梦的方程式开启
她们的语言无所顾忌，那是女儿的经验
我为她们命名，在南太平洋续上一笔
回旋的藤蔓已经抓住盘根错节的我
我明白亲情终归是拿来仰望的

我的生命是一些泛黄的纸片
她们推着玩具车嬉戏，看到我的年轮
思念总是一片暧昧的陷阱
就像在混沌的霾中突围
我也许可以将黄昏倒过来阅读
月光里漂浮的，除了夜，除了镂空
还有我手里的文字，挂在窗外的树影

人类的地图走过我希冀的魏晋
一夜一夜，我在远方遥望着远方
如果振翅能够飞入云端，我一定
要去看看她们，解除我辽阔的忧伤
夜的牧场变得消瘦起来，充满庸常
当云朵把地面上所有的事物压低
也许只有天空能够稀释我的后半生
去看看吧，也许明年，也许后年

2021 年 7 月 17 日

妮子的杨枝甘露

妮子用惊艳的长腿迈进高一年级
邻座的水蛇腰，断然拒绝了一场尖叫
她在记忆里寻找海的姿势
突然遇到一杯尖锐的杨枝甘露
那个鼹鼠同学口水淌了下来
脖子僵硬，一笔一画地涂着课本
妮子像看电视剧那样看着他
那个情节很糟糕，如同废弃的作业
老师的课像拼贴的文明七巧板
不停地解释珊瑚与领结的关系
杨枝甘露被隐喻了，覆盖到森林
课文里有豌豆烫伤的背影和蜕变的壳
她想把那把汤匙举成遥控器
直指黑板，点到为止。再找一下
小步舞曲里那只吃棒棒糖的精灵
听听理查德·布劳提根的《在西瓜糖里》
然后跟唐纳德·巴塞尔姆的《白雪公主》
去横店散步，去废墟骑飞马
去迷彩的河流和愚昧的森林打个卡
想着下雨天可以在雨伞下养金鱼
送给外婆一条，送给妈妈一条
这种不靠谱的"课游"没有观念性
那就让它回到青花瓷碗里

因为时间关系，只能扯到这里
该吃杨枝甘露了，它在那里等我

2021 年 9 月 6 日

久久望月的那个人,你拒绝了夜晚

阒无人声的街角,站着夜晚的波浪
言语,美得让人忘掉了言语
必须设法了解那一轮孤月
于是久久地望着,那面冷冷的镜子
照亮了寂寞以及所有安谧的微笑

博尔赫斯曾经掐住那条瘦弱的街道
给一个久久地望着孤月的人送去悲哀
他为阵亡于布宜诺斯艾利斯边境的
父亲的父亲祭奠消失的马背
他为一个从未有过信仰的人送去忠诚
如今,我们该怎样祭奠在梦里交易的人
还有在傍晚看到的那朵黄玫瑰的记忆

在我出生多年前,我的理论就存在
它有我关于生命的诠释以及惊人的真实
夜晚必须属于望月,但被拂晓拒绝了
有一种不太可能、去留无意的神秘习惯
像辛辣的灰烬,点燃了梦的烟雾
饥渴的心在侧影里诉说用不着的东西

那是我,那是你,那是空寂寂的我和你
久久望月的那个人,是你拒绝了夜晚
夜的巨浪带来了你——博尔赫斯这样说

这个世界晦暗不明，你躲在明暗之间
你等着我的灵魂，让艺术成为我的黑暗
那也许是我的见证和最为生动的抽象
我用我一切的悟性和力量，描述一座梦

福楼拜为什么那样欣赏骆驼忧伤的表情
因为朴拙中透露出一种宿命般的生存
世间所有的静默都包含着勇敢和谦卑
所以你去望月，久久地望着那一轮孤月
当波伏娃坠入"天空与尘世的恋情"
你选择了如月亮般高冷的阿伦特——
那个十八岁少女用闪闪发光的"超验之爱"
让海德格尔老师告诉她一种思想的秘密

任何的超验之爱只属于历经沧桑的人
在那里可以走进千万年不可想象的虚构
水库再高于平地，山峦依然是静默的
或许我们可以在月光下谈论街灯和掌声
我干瘦的手开始颤抖，犹如一段傲骨
或许只有恍惚，能够把望断留给大地
深夜的耳语犹在，幻感一定是不真实的
我侧身于另一个时空，痴痴看着你望月

2021 年 10 月 4 日

三五茶友

我是被安放在茶里的一种心态
所有日子的缝隙都被它填满

三五个朋友喝茶是最合适的
就像三五只鸟不停地叽叽喳喳

茶壶一定是我少时提过的那盏马灯
可以在上面随意刻画出三侠五义

我的目光还会摇落一座茶汤
让它告诉我必须活得像个英雄

朋友说我的泡茶动作像逻辑推演
其实我只是把活着的意义直接写进茶里

那晚我们谈论活着这个话题到深夜
茶汤换了多少遍,依然是星空的颜色

我想我该给茶刻出一道暖色
然后剑指一座高山,泼出天地混沌

2021 年 10 月 8 日

执灯而立（三首）

执灯而立

这个词的胚胎一定出自暗影
或者夜色，因为它必须载得动

我历来相信有一种冥冥
会让人直接疯掉，就像乡村那一片
突然被砍光的甘蔗地
于是有人出来执灯了，指引着光

光需要指引，需要一个执灯的人
有人告诉过我：灯下本来是不黑的
为什么没有人为那个铁链女执灯？
因为民族的良知被抛在灯之外

无论是燃灯人还是执灯人
都需要一种信仰的拯救

花容与失色

一枚金牌挂在她的脖子上
一条铁链拴在另一个她的脖子上
一边是花容，一边是失色

命运其实就是横布天空的光
任由利刃切割出明朗或者黑暗

光亮终究会遗忘，会折断各种理由
会在记忆深处倾斜，甚至掩埋
走过我的原野，面对花容与失色
我想忘掉眼眶里那几滴泪水
让每一种爱都有回声，每一种痛
都有陷落。我压低我的种种注目
比眼神更弯曲地弯向人间
吸饱鹰的冷血，将它射向雷霆

她以花容折腰俯冲的那一刻
她也终于站起来了，再也不失色

广陵散

她不仅仅贡献了八个孩子
还贡献了十八年的"彩虹"——铁链

生存还是毁灭，都在涉恶
只需要五秒钟，她的世界就会窒息
眼神像恒河凝视恒河，那是同一条河流吗？

突然想起离她不远的广陵有广陵散
但她的眼神真的散了，谁能拥抱她的脸
她不解命里的纵深，只有一颗空的心
如果她在梦里遇到刘伶，会不会也
喝下一瓶杜康，然后说："死即埋我"

结果，她用半分的爱深埋了自己
用九分半的恨贡献了一条彩虹

2022 年 2 月 23 日

我的"海德格尔时刻"（三首）

习惯了，那些时间

据说，黄昏收走我的时刻
那是海德格尔的时刻，他说
思是"向着遥远的进入"

于是我习惯了那座时间
以及那座我待了四十多年的城市

海德格尔是太阳镜像的一部分
他照亮了我——"诗与思"
"存在与时间"不过是时间之外的逍遥
存在过，就如同被潮水拯救过
以及被善意宽恕过

人世间有太多黑色的荒谬
我习惯了，那些时间
任何存在的意义，都是
不带言外之意的沉重的翻转

走吧，脚下的泥土
总有一天，你会铸成闪光的陶坯

隐秘之王

海德格尔八十寿辰时，他的学生阿伦特

称他是"思想王国中的隐秘之王"
因为他参与了这个世纪的精神面貌

因为在这个"海德格尔时刻"里
传统的形而上学大厦崩塌了

于是有人求教于老头子康德
康德的时间回来了,每天下午三点半
他在"菩提大道"的哲学之路散步
告诉我们,每个人都是自己的行路人

读再多的海德格尔也无法唤醒一些意义
就像读再多的春风也无法唤醒过去

时间是时间,存在还是存在
不需要海德格尔老家伙张嘴
我们都会在诗意的陷落中重述自身
栖居呢?就让它继续沉郁地独唱

悬崖,孤寂之上

海德格尔说:思"是孤寂的东西"
是在隐秘中生活,如同隐士

阿伦特说:任何的隐退都是一场扬弃
都是一种日月和星辰的精神性

隐秘属于残酒,属于在河边独坐的人
属于内心撞钟的那个冬天

人心皆是幻象，皆是夜里戴草帽的疾走

我的审美是"海德格尔时刻"里
那一堆燃烧的静物，我和我的时间
有一个神能从语言的结尾开始诉说
悬崖之上，只有月光能析出孤寂的意义

        2022 年 3 月 18 日

巡天（三首）

在轨者

最野性地放飞自我，天不过是一滴水
是泪光盈盈的一滴，喂养着尘世
四周暮色饱满，爬出思想的所有寂静
把月亮和星星请进太阳的部落
梦还在缓慢地呼吸，人世不过是个影子

遨游是遨游者飘舞不定的灵魂
就像三枚叶子，在辽远和空旷中孤悬

沿路被默读的分分秒秒，把天看得更清楚
时间握住时间，苍穹映照着绵延的静穆
看见每一张脸都拥有真理
他们用耳朵熄灭声音，只听祖国的心跳

地球在流浪，所有星星都是飞天
那些有形无形的面孔浮在最高的平台
折叠起这个世界，抖落宇宙的尘埃
三位"在轨者"，像三色堇在日光上跳舞

星空和植物都拥有彼此仰慕的部分
携带一路花雨，将巡天的触须指向辽阔

摘星的妈妈

临行前，妈妈把你的储蓄罐带走了
她答应你要把星星摘下，放在里面

每天，她在落日的余晖里看见城堡
看见蔚蓝，看见微微颤抖的尘埃
它们等她把一个黑色的梦做完
结果她发现了你那双比深井还深的眼睛

她回去过又来了，宇宙并不归零
所有的独语与对话都是一场与此同时
她来过，太空凝固着她生命的形状

在尘埃颤抖的光影里摘下星星
星星有些疼，滴着海伦的第一滴血
在妈妈眼里只有海水和山峰是多余的
爱你绝不多余，因为这是天上之爱

摘星星的妈妈回来了，储蓄罐变成返回舱
里面藏着无数星星，每一颗都有失重的愉悦

着　陆

着陆不只是归宿，而是一场掌心化雪
任何的飞遁都必须带着呼吸回家
然后将山川放下，将河流放下，将橹放下

返回。不断放低自己，以此抬高国家

摆脱重力，为了仰望以及着陆
世间那么美好，像宇宙的另一个栖居地
在他乡的暗夜里他们不住地念远
在着陆的前夜，他们反复地读近
整个世界都在节省脚步，聆听归来

终于着陆，经历了烈焰以及灰烬
暂时把太空这本书轻轻合上
再找出一个豪气的词：瞬息之间
下一站，一定比现在更重，也更轻

轻轻落下，他们终究是太空的朗读者

2022 年 4 月 17 日

端详剪纸的女人

看了一万遍，她想活在剪纸里
什么样的色彩已经不重要了
只要一种活，一种花骨朵那般的活

仅仅美丽是不够的，必须完美和自由
必须脱离一种被人们理解过的画框

夜晚不过是一场临街的引诱
一盏茶，无法破译明天的生存美学
那就进入剪纸把自己带走
也许会有一些欲望，能把梦催醒

           2022 年 4 月 21 日

我是一个日落部族

找到一本灰暗的书，神迹一般静默
拂去尘埃，是一条条沟壑交错的理路
一个神，正在思考那些自有的皱褶

我是我的日落部族，自己跟自己交谈
不需要和解什么，就让窗前的落叶
一片片飞进语言，留一些适当的精神

为了跟今日的夕阳和明天的雨相处
我留下一个替身，却不知道是谁

书很破旧，但绝对不是形式主义
每一行都在滴血，一枝玫瑰的血
只有美丽的苍白在细雨中呼喊

我不能无动于衷，也不能绕开它
转身向一条山道走去，想对一个女人说
你稍微勾勒一下嘴唇，可以不用口红

我是一个日落部族，残阳如血
有无数个追问正在浮出暗角

2022 年 4 月 21 日

诗与诗人（二首）

诗

敬文东说：诗就是"发明现实"——
这让我确认诗的枝头有一种风暴

诗是裸露的，北极熊并不在这里致意
语言哲学或许可以把诗遁入空白的象征
我依然捡拾诗落下的无数钉子，所以
我也"发明现实"，也雕琢诗的镜子
劈头盖脸地乱敲回车键，让句子散落一地

诗是风暴的螺旋桨和夜的薄荷茶的结合
轻快搅拌，轻快吐出季风以及原野
人间本来是安静的，因为山色颠沛水光流离
才有了诗，才掠过所有，才搅得天地浑彻
缪斯的杏仁眼能割开世界的骨头
给我叶芝的橄榄枝和海德格尔的眼神
那些藏红花也泣血过我，发明了诗的闪电
我是暮晚的信者，无法轻慢自己的灵感
无法静默，无法跟赤裸的惊艳较劲
我以罂粟壳的舌尖咬痛诗也咬痛它的法则

让泥泞飞出去，我的诗要飞回来
要认领虞姬和项王，要回归寒夜的布衣
其实任何教义都救不了诗的呼啸

世间每个缝隙都有诗在辛辣地呼吸
诗就是诗,就是我的脸我的语言方式
就是我的一个神,无论今日还是明日
关于这个问题,我得好好讨教小年同志

年微漾

那晚遇到诗人小年,年微漾
他更瘦了,被光阴托住脑袋
细细的胳膊响亮,但看不见草生长
手掌如同犯困而随时可能脱节的枝丫
就要从我掌心里滑出

他的时间明亮,有一种诗的信仰被截获
端着一杯酒,他突然一饮而尽
像失眠的河流被春天切开

看到他眼眶湿润,顶着最初的太阳穴
我明白诗的一列青筋就要爆出

他的外形让我想起了躯壳
以及坐在躯壳里打盹的阳光
假如他的灵魂还留在身体里蔓延
我断定,那是一座可以移动的诗的床笫

真担心他的身体有某个骨架脱落
那些未醒的缝隙会吞噬他的手掌和胳膊肘
他安静得像一条小溪流,喊出的
诗句却能叫板千帆过尽的波浪

他的诗有创世的语言方式
所有的铁，都在他体内种植
叮叮当当，投向深不可测的天空

$\qquad\qquad\qquad\qquad$ 2022 年 5 月 20 日

法说（三首）

法学博士

一肚子法理学，像
祖屋的檩条托起众瓦
想着将来去当教授，去做律师
去人世的河滩和山脚
叠一堆顽石，或者为残墙补个壁

其实，那堵残墙已经断了脊骨
有墙头草伸出，摇晃着讼词
法学博士路过此地，看见
一个背着水井出走的人
戴着草帽走在一个空旷的夜里

他过去询问了一声，墙就坍塌
往事被压在地上，锁住了雨

他找不到任何判词，只摸到
一些失控的瓦砾和碎片
法律就是那根竖起来的柱子
还杵在那里，顶着散落的雨痕
以及拼命垒高的幽恨

法学博士背起那只双肩包，远走
他踩住了一片有硬度的墙根

辩　护

不为山川辩护，不为河流辩护
要为一架破水车辩护

造水车的人早已走了
他喝青梅和地瓜烧制的酒
走故乡的路，把废弃当作一种撤离
但水车没有撤回潮湿的起诉

起诉河流被严重污染
水车的骨架散落，扯断了一个村庄
想起当年踩着它的那些人
都长着慢念头，在原地吱吱呀呀
然而祖训依然是陡峭的
依然是从水车里舀出来的神

今天，为什么要为破水车辩护？
因为它是村庄命运中拔不出来的部分
是法律不能扯断的生民的水

旁听者

所有的不安和期待都是漩涡
心里有一万个粗糙的道理
等待光滑的青石去磨损

面对的总是两条交叉的河流
只能站在桥上，静眺泥沙的风景

无栏可凭,脚下有诸多话题在厮杀
听着滔滔不绝,就是一种等待
一种只能听见自己的垂钓

一声美丽的申辩就是一记漂亮的扣球
活力能留下几秒钟?内心有
绳索的喉结在滑动,像鲇鱼镖射
又像卖掉一个世界,突然有了满足感
水声略显浑浊,但水开始变清
听和不听,都会是局外人吗?

即使内心有一万人在抚琴
依然在等花开,在听那两道流水
诉说着三千里江山的旧词

2022年5月26日

女人十章

一

厦门环岛路，落日像渐红的罂粟
海水一般的碎裂，把所有喧嚣踩在脚下
沙滩是酒窝，不断翻阅出女人的深蓝
每一粒沙子都会旋转一万年

数不清的攒动幽闭着时间的裸身
浮在眼前，散尽春天的纹路——

三八节前夕，没有一个角落未被命名

二

女人是一片上帝撒下的网
男人都被扣在里面。光幕坍塌
谁在捕捉每一丝感觉和记忆？

网是没有裂缝的空间
即便是一道痕，也会被光缝补
然后把男人所有的故事盘桓其中
冻成一块茧，带着些许幽怨
沉默出一批波伏娃那般的脚注

三

女人是大地浮出的肺叶

只依偎春天，并且带着某种冷艳
在男人混沌的胸腔里抖动

那些排出的气泡
足够淹没男人的脉冲

四

在某个群里遇到一堆女博士
如同来不及分辨的星辰，制造不及物动词
方向一定是被指引着，就像站起的风

她们不需要任何证明
只需把天和地摆在她们之间

夜色，成为被追踪的一种颜值

五

女人，这样的日子不会有碰瓷
不会轻易碎裂，也没有迷离

透过窗户的每一道光亮
男人评点女人，就像敲击键盘
然后回车，跳出一行印有羽翼的字

舌头毕竟是形式的
只有唇，像一条地平线漂移
谁在紧握寂寞？谁在不辨死生——

女人的眼神，总是垂帘般地越过栅栏

六

苗条一定是女人的春梦
每一根睫毛仿佛柳丝依依，飘若裙裾

阳春三月，有一种罪叫作诱惑
让男人的眼神变成四处张望的指针
一秒一秒，抓挠女人的所有代词

男人总是茫然四顾的窘迫
恨不得把自己化为一片空气
钻进女人的时光里兜圈

七

男人总在奔跑，女人总在停顿
追上或追不上都会滑向某种诡秘

坐在一张空椅子上，剪碎一堆窸窣
让一道光影伸进另一道光影
呼吸就是折射，没有哪张脸可以缺席

如果世界上有什么不可以穿透
女人一定是那一座屏障
像斑马线，闭合男人的心思

八

轻得不能再轻的呼吸

常常是女人压倒男人的形迹
女人有时很陡峭，让男人攀爬

岩脊下的任何栖息都能倾听
一只黑色的鸟，倦沉地飞
女人说，必须把翅膀裹住
才能击中男人那颗无力闪躲的靶心

突然就想到折翅，想到打破
其实女人就是窗外那朵染釉的雨
飘进来几滴，然后又飘远

九

压低抬起的脚，高跟鞋已经很高了
女人会把寂静变得浓密，像弧影
所有的行走都是前尘滑落
空隙总有触须进入，像暗夜猎手
俘获一道临渊的声音，或者语言的猎场

能够携带男人身上任何重量的
还是躲在女人陷阱里的那道呼吸

十

一直想着有一种暗物质，推开意义
万籁俱静地飘向她们，扩散炙热的蓝
不再惊醒，只有胭脂般的嘤嘤作响

暗夜是最后一枚未解开的纽扣

远方有马在嘶鸣，落荒而不逃

黑夜能够击倒所有清醒的意识
只有女人在暗物质里飞翔
悬帘的窗户，关住黎明那片失焦的脸
这大概就是女人，如此日日夜夜——

幽深于裙裾或者直接探入深渊

2023 年 3 月 7 日

想起米兰·昆德拉（外一首）

夜是光明正大的，我却鬼鬼祟祟
被催眠的混沌和无知原来如此美好

直到有一天，双脚认出了歧路
我才明白一座山原来有那么多细节
醒来之前，我等待交睫的一个最佳时机

米兰·昆德拉不声不响就离开了
他带走承受的重，留下不能承受的轻
那本书的那个书名，一定值得一读
其他的你就慢慢打开，如果翻得太急
那些八色鸫和蓝鹇鸟就会从灌木丛飞出

昆德拉的语言如涟漪翻卷，又像风暴
每一次阅读，我都在撕裂一座草坪的本质
慢慢地，我才明白什么叫作进入视野

其实，任何承受都会使存在变成虚无
世界仅仅是一缕飘浮不定的光
唯有在内心不断重返才能安慰自己

不要相信什么如是我闻，无远弗届
生命是经历，承受是经验，自我是延伸

昆德拉生活在别处,有谁在世间哭
黯淡了,黑曜石的那些光辉
我仍然是空气里安稳的那一部分
像路边的一块石头,无我或者忘记

         2023 年 7 月 13 日

第四辑
茶是被喊出山外的魂

周末的钓钩

周末，我的呼吸开始平缓
笔记本电脑像一片水，波光粼粼
眼睛成了钓钩，垂向水底
光标就是原点，坚实然而空白
我的鱼篓里已经没有词语
一座水的惯性接连撞上几个哈欠
钩在晃悠，是否钓住了一条白马河？

目光延伸了钓线，看穿了多少种企图
有人说写诗就是多敲几下回车键
就像钓钩不停地点击水面
如果不能浮出，那一定是被李白咬住
杜甫在边上早就打出顽童的鬼脸
他帮我拉钩，结果以他的现实主义
坠入李白的浪漫主义。钓线喊累了
收钩。才发现钩如此轻浮、虚幻

原来的企图在崩溃，呼啸般沉入淤泥
彷徨、退缩和犹疑一定是水底的冷
即便只给我六平方米的思维，我
依然是我。与我的倒影侧影相依为命
白马河无言，默默流向远方
我把钓线放尽，钩住所有的阴谋
即便是两条人形的魅影，也要

把它们再次抛入河底,让游鱼衔去

这个周末不寂寞,四处有奇妙的水性
也许我身后的世界有人在击掌
我的钓钩仍然没有被拉直
钓线不能延伸,我的经验继续在绵长
虚无之境里的垂钓没有终结和唯一
每一条鱼都是我的思绪,我的白马河
当我将它们同时触及时,只有风
能够放牧我,能够把我的钓钩
从白马河深处反弹而回

2020 年 7 月 26 日

同事的咖啡

拿铁、摩卡,或者蓝山
就在办公桌对面,刺激了我
此刻我想点燃一根烟(枯树枝也行)
然后枯坐,或者做一帘幽梦

办公室挂着"诗意栖居"。上帝好像
向我掷了一把骰子,但我没接到

据说咖啡里有一种"力量和激情"
无论拿铁、摩卡还是蓝山
它们都是三维的,都在深沉状态

都在飘逸出上天的语言

走 廊

安谧。就像花园里的甬道
那些鱼群般贯入的脚印影影绰绰
周一到周五,"上班"两个字是裸身的
男男女女都是走廊里的一只虫蛹
等待羽化。我是哪个朝代游过来的旱鱼
骨架正在被寒光损毁,等着海明威
把它拖走。由于忍着,由于沉默
有一种轮回,会用史诗豢养我的底色

夏威夷坚果

女儿从澳洲寄来的"夏威夷"
一个个都在失眠。剥开一个
里面藏着维特根斯坦,还有萨特
我像观察者去布局它们的灵魂以及矩阵
其实我更像水边的稻草人
逃脱这个失败的夏天,只能去偷袭康德
但没有一个世袭的词语属于我

黑暗总是矗立在我心里的高地
但我的血里还有些许光亮,像原野
这个时候只有门萨或者撬开的果壳
能够让我穿越一千座敌意的寓言
真理是漫长的,就像深藏在果壳里的
夏威夷,不需要什么特别的栖居之所
即使是某一个异形,它照样是我的知觉

向宽容和冷静学习什么?对有些人来说
就是一堆迷惘,就是无法撬开的"坚果"
我必须把它们一个个剥离出契约的现实
甚至无知。咬碎,咽下,或者或者——
那样,一种新的哲学才能重启

2020 年 8 月 9 日

太　阳

地平线的第一行，醒了
边缘在喷薄，一滴影

霞的灶膛浑然而通透，视野浮动
十万个种族的膜拜扎成信仰
海，关闭昨夜的最后一张床

雾是寂静的恩慈，群岛的发髻
特洛伊扔出海伦的第一张投名状
竹简仆仆，冲出破茧的尘埃
一开口，就是一页不会走失的历史

风，拨响光的竖琴
奥德赛的帆托举一种热烈
为这句结尾，摇出新的熹微

2020 年 8 月 24 日

风说，你好啊

长假最后一天，寒露
是时候了，我要揉碎一座秋天
先把我的存在揉进那场异化
然后告诉风，可不可以把爱情带来
风说：你好啊，你是我的存在

打碎一只瓶子是什么感觉
其实，酒在瓶子里经期太长
就像一个从未存在的人失去了领悟

那只瓶子终于还是被打碎了
被异化的一切依然是身体的意志
我绝对不是秋天的缺席者
所有的风都是为了一场雪崩而来
它在罂粟面前脱缰，没有带来爱情
一列火车卡在瓶子里，压迫着我
我的沉思在挣扎，在梳理我的编年史

那就做梦吧，只有梦是简单而牢固的
太阳就像子宫里的舞蹈，等待分娩
脚踩在寒冷之上，风的声音穿过梦境
吠陀经、圣经、可兰经，都在隐藏性别
它们互相追问身世，追问灵魂最后的家

风还是来了。风说：你好啊
我想起星辰诞生的季节，还想起
有位诗人说：雪的声音进入我的血
他的屋里有鱼，在空气中游动
所以他需要呼喊和失眠，需要性欲
我终于明白，风就是用来生存的

昨晚有风，跳一个名为"巴黎"的舞蹈
动作是柔曼的，像隔夜的葡萄酒
吸干余光的灰烬，变成一心一意的水

午夜里有谁在传递睡意
那一定是迷魂术，被时间碾碎
耳际回响着《我的太阳》，也是昨晚
高亢地射入每一只惺忪的眼睛
我的额头有风走过，扑向真实的声音
我惊奇地发现，我们对于诗的朗读
原来就在古代的一只浴缸里

风一定是重要的朗读者
她躺在浴缸里的姿势优雅而宁静
就像躺在时光之上、太阳之下
举起千百根手指去吸收光芒
然后轻轻地说：你好啊
其实我无法深入这首缥缈的诗
只有那个房间伸出最古典的温柔
掠过亲爱的季节，停在某个意义的途中

想起一个女孩在微信里说，似沉寂又不是
只道心底多了些许重量，一弯湖面幽绿
上道的星辰湛蓝皎洁，风说：你好啊

长假最后一天，寒露。我躲在屋里
屋里有风，但没有对我说更多的话
我丢掉语速，只留下几句风的情爱记录
我好像没有勇气讲述风的诞生和走向
只有听她继续在说：你好啊

        2020 年 10 月 8 日

茶叶问题

唇舌一直在算计茶的种族
就像一个从未存在的人纠结于存在
为什么我要慕"茗"而来？
纠缠一个问题，原来是为了疯长一个问题
我把所有读过的诗都扔进茶盏
才在我与茶叶之间达成默契
当大海拍打着海子诞生的时刻
我知道窗台上的帷幔是多余的了
此时不需要任何的泛滥，只需要水
秋茶的季节来了，茶香能划出弧线
茶的问题无非是消瘦和纯粹
只要把头枕在纤细的草叶之上
你能呼吸到的，一定是掌心化雪

2020 年 10 月 14 日

暖阳二题

题一张照片

看着这张照片
我看一半,光也看一半
如果没有光亮,我也无法看
所以我不能和光计较
因为光让我有了看的欲望

把一个人看成氤氲,像茶叶
寻找沸水。等风来的山谷
和溪流,在腾挪中掀起绿意
氤氲终究是两个影子的重叠

如果要选择一种感觉
作为自己的心情继续徜徉
我就选择这张照片,以看为美
让我觉察到一场飘然的隐喻
触动了往年的经验。我需要慢慢转身
将为之献出的生活再来一遍

就像一只飞进来的蝴蝶
翅膀漏出一万匹阳光,纷纷抵达
其实没有什么比这更加平静
照片很平静,我也很平静
或许我需要一个起始,收拢幻象

把迎面撞到的那部分空气
略微荡漾，在思想中接近一种美丽

在这首诗的结尾，午后的阳光依然
在光的边缘，一抹甜美，一片帆
渐渐地，校园将从海伦的头发消失
那一双长腿，像竖琴的弦
拨响奥德赛的第几行

看着这张照片
我看一半，光也看一半
如果没有光，我也会努力地去看
我不会和光计较，因为它
毕竟夺不走我看的欲望

一段耳语

午后的阳光打在脸上，没有落花
风无论正经还是不正经，都是在谈论

给茶盏灌注许多的水，像思念的倾注
能够藏起绿意的，除了秋草，还有不弃

那些不舍的言语，让我看到风华的样子
日子蜿蜒，没有什么攀爬不可以绕过大山

在一个执着的空间里收纳时间
任何的《离骚》都不过是一些缓慢的词

从绿岛小夜曲开始,你在不知返程地走
明天,讲台上的连词都是上韵的曲调

那些住满内涵的讲义,像烟台的云烟
正在让每一滴语言的雨坚硬起来

说吧,在一杯茶就足够失眠的完美中
还有什么不能承载你疼痛的怀乡?

有些柔软需要时间的安抚
仿佛诗意在抚摸内心的某个角落

          2020 年 11 月 3 日

折叠的世界（三首）

行道树

在石狮市，我看到一排排棕榈树
它们行走在道路上，时光微蓝
祖国有很多青苔，像小女子的裸足
能够收起所有延伸的灵魂
那座永宁卫和天津卫、威海卫一样
衣冠楚楚，抖落几个世纪的烟尘
再细心地把大海的镜子打碎

棕榈的行道树是天空撒下的触须
指向海，然后跟着海奔跑
城隍庙和发财庙贴身而居，还有戏台
半生的欲望像摇摆不定的樯橹
其实没有什么可以叫作归宿
只有被栽下的行道树，呼吸元音
呼吸着沉沙、苟活以及倾斜

我在自己的手心里逆着掌纹而行
那些有形和无形的面孔，充满悟性
像一棵棵摆设的棕榈行道树
走进海的深处，把海藻和面具捞起
往返，或者云游于风的缝隙
向祖国致以深深的敬意

身边书

叙利亚有个著名诗人阿多尼斯
他的每一首诗都是一座深渊
海折叠起他的神和我的佛,留下屈从
我能够想到的只有暴力美学
那本书就像风中的鞭子,掠过云翳
也掠过羊群丢下正在咀嚼的草

一道落日,焚烧了一列黑鹰的影子
像我那座不眠的灯,穿过黑夜

身边书有如阿多尼斯的大海
充满湿身的喜悦,以及最后的潮
据说"杀死诗人"是一个肉色的词语
每一个字眼都在谈论子弹的速度
诗人最终只能吞食枪口的余烟
在风中捡拾落叶的修辞,蹩脚如我

有人说不要再读诗了,那是一杯黑色
诗是随时都会被掐灭的烟头
最好不要倾倒下来,哪怕只是一瞬
我抱着还来不及湿透的春的土地
用目光熄灭目光,然后熄灭光
那些诗的虚拟之境,落抑或未落
都是夜的呓语在敲打我的灵魂

染尘的尘

都说是水不洗水,尘不染尘

我的植物却在另一座风里生长
它被日子的水洗过，也被尘染过
让一棵树拥有欢愉本来就是风雨的事
我想我该有一座山，献给河流
当然也献给所有的生。迎接和被迎接
是这个世界神秘的酒，让你酩酊大醉

这个春天我没做什么事，除了湿身
被尘埃染过的风总在撩动翅膀
明天一定要让太阳在我身上闪烁
哪怕只是一瞬，也要让河流和山川倾斜
没有人看见梦里递过来的梦是什么
星辰总是飞扬的，只有烟尘如故
陪伴我的只剩下孤独吗——眼中之眼
活着究竟是让人流泪还是让人后悔

曾经踩过黑夜的土地，湖山青青
一些思绪的碎片无助地挂在暗夜枝头
我发现了孤帆，但不见远影
我让我的衬衫沾满灰尘，两鬓苍茫
投向空阔的不是我的双手，而是遗忘
想到海伦的美，以及特洛伊的为她而战
我无法爱一种蔚蓝，因为它太广阔
世界说它等于零，我说那是被折叠了
就像一列风，走了又来过

2021 年 3 月 17 日

八月最后一天的云

一不小心把手里的花撒出
天空就拥挤了,流成一片云
一个插曲,插不住昨日的寻觅
其实我还在梦里醒着
那是被云叫醒,留下一句格言

高天上那块补丁很鲜艳
云鬓飞舞,大于初秋的裙裾
假如唯美不是主义,而是姿态
她愿意以挺胸的原型
接受约旦河西岸刮来的风
接受发髻的一种散乱

我在这个世界寻找什么
或许只有被挤出的偶然性,或许
只能把那些长在犄角的点缀
交给午日的奔放,让它们向东而去

云层藏匿着一些风的警惕
我需要梯子去摘下它们
如果眼前那只蜜蜂能够捎上
我想就此寄托一种诺言
或许明天,我会找到一棵亲爱的树

寻找也是一种旅行
古月的花瓶，插的还是当年的恋曲
趁着夏天剩余一些元气
我想让风和锁骨，在午休时说说话

所有关于静物的新闻都是背负
只有太阳和云是真实的
在东海以南，水已经隐身
猛烈的逆风在摇晃我的思念
蝴蝶的小扇子是一桩喜事的结尾
然而它坚硬，它热烈
它像一件花衣裳被风穿走

2021 年 8 月 31 日

琥珀色的世界（五首）

疯狂的纸牌

没有什么纸牌屋，那些安静的纸牌
在我手里肆意的疯狂的出走
像一场私奔，雕琢出无数的脚步
太阳落山以前我必须潜伏自己
让自己的面貌精致一些
如同纸牌那样严谨，逐渐趋于热烈
如果血液能够长出剧情
一定会有风的羽毛在手里析出
想起了贵妃醉酒，但我回不到唐朝
只有纸牌被染成酡红的时光
不可触摸，也不可被盛开解释
那就让它饮下秋天的第一滴寂寞
然后告诉掌心，那个鼠标有神迹

茶不语

一定要有茶语吗？我不太相信
邻座有个女孩一个人静静地独啜
谁在陪她倾尽？也许只有这个夜
能够倒出那些萍踪旧影
酽酽的时光是久别重逢的剧情
谁都没有入戏，只留下一种约定
人生没有哪一段是正确的
天意谁凭？茶不语，在于风，在于注目

在于不够完美的擦肩而过
今夜，也许可以抛开一点杂念
为了她的眼眸才去描画波光流转

六鳌地瓜

火山灰边上，长着地瓜的骨血
那个家族的先人一定在脱胎换骨
无须设防，只需让它珠圆玉润
将脉管里那条河流融入大海
就可以涅槃出坚硬的骨骼
剥开皮，让籽实贮满阳光和气息
藤蔓里藏着一万种撩拨
在叶片上欲死欲仙，掩住夜的野性
就不记得杯盏可以燃烧自己
在最柔软的身体里酿造忘乎所以
张开肌肤上的浴火，重生一切

日未央

注目一朵落日一定是幸福的
因为它是日未央，无可替代的王
就像青岛的日出和上海的夜
永远有不可或缺的酡颜，胜似桃花
在零度里微笑，冷艳如冷美人的青瓷
摘花的手能收下带刺的玫瑰吗？
今夜的烛光不会摇曳出什么
假如血液里有另一颗太阳升起
还有谁可以接受暧昧的加冕
皇后的那一袭眼波，不过是陪衬

唯有日未央，才能把王的那一套言辞
递给所有的世情，以及男欢女爱

那夜，上海的雨

琥珀色的夜本应属于上海
如同琥珀色的心情，可以斟进杯里
可是那夜上海有暴雨，猛烈似酒
那种接近于诗的沸腾不会让人孤独
只有坐在我对面的人若有所思
氛围是浓酽的心情却是寡淡的
我为他泡茶，他近在咫尺看着我
就差一只纤手为这个夜绕指柔
那么就斟一杯上海的雨吧
或许可以让他怀想不算遥远的她
一个人的孔雀舞还能跳到多久？
微信里的一道祝福，就能撩到天亮

2021年9月5日

龙眼，龙眼

一座园，挂满一串女人的日子
白云酿造出的牵挂，贯穿了哺乳期
男人在串串烧的词语里犹豫
选择是无谓的选择，只能随手

灵魂不在摆渡里，到处是汁的雾
越来越薄的园装满仪式感的指尖
一声咔嚓，就是一段颤抖的光
叶的倒影腾起伤口：何时能够重生？

结了是福乐园，摘了就是失乐园
如同小提琴和钢琴成为最后的复调
与荔枝同一味，为何当年进不了长安
站在城楼上的人因此渐失纯阳之体

或许是王的偏爱，或许是妃的矫情
罂粟的情怀最终只能自我撞疼
皑皑骨殖，是鲸落的泪痕和情绪
再过一万年，依然去分泌那一颗灵魂

2021 年 9 月 6 日

夕阳下的一棵树

如果能够穿透这里,它就是一道光
缝着旷野的伤口,告别一万个伤痛
没有能力穿透时,它就是宿命
把所有的声音都变成失忆
昨夜的露水已经浮现,并且悄悄长大
此岸与彼岸,还能合二为一吗?
有的是火焰,有的是灰烬,有的
是被命运和幻象分岔了的时间

我要独自一人去热爱大地
甚至把乞丐的浪漫史都写入诗笺
照耀思想的一定还是那朵光亮
乳房即使贫瘠了,也还是大地之神
在我所有流浪过的地方,我的语言
一直在树冠之上,而不是在树下
因为每天我要接受凌晨的第一滴露水
让时空让渡,让掌心化雪,让我
轻如鹅毛的人生,记下光影中的心跳

夕阳下的那棵树离我很远,也很近
没有什么惊鸿一瞥,却有深喉的言语
带着百重皱褶向晚而行,或是乡歌唱晚
风越过我,苦苦思索大地最初的模样
有人在谈论裸体,谈论米沃什的梦想

我用眼神牢牢钉住一枚嘶哑的光线
让一封未发出的情诗，退回当年的地址
莱蒙托夫的文字融化在浓咖啡里
我觉得那是我的往事，就藏在那棵树下

心中的那支玫瑰已经凋零
与我的思考和思念碰撞，也许就在昨日
它所发出的梦呓是这个世界的唯一
我只能把它深埋，埋在那棵夕阳的树下
我并不迷恋周边所有的风景
因为我的诗叫不醒一个被缅怀的人
那么就离开吧，只留下一种注目
让夕阳下的那一道光亮不断穿越
成为黑夜里提灯的路人，不再失忆
不再阻止一个思想者的自我救赎

2021年11月24日

水杉吟

水杉是午后的沉默，我从未眺望过它
听得见夕阳西下，退隐的终究是神
每一次潮汐都有远年的记忆在踯躅
我的创伤是审美的，像人间的某个问题
风还在说那条沉静的水，在声音之上
突然就想起了"镜花缘"三个字
哪一片属于镜子呢？只有一念花开
季节已经低垂，树梢挂着冥灭的灯盏
从无意识到无意识，还要走多远

在这里我一定会遗忘天空和星辰的消息
一本过往的旧影，被风的呼哨裁剪
便成了零散的杂沓的记忆碎片
只记得那年在一种蔓延中被空气稀释
走着走着，所有的情感在这里突然失重
只有光线围着我，水杉原来是匍匐的
人类的语言都只剩下尖锐的动词
不仅时时重叠，而且处处惊心
我去寻找一副儿时的面孔
都像被密封了的假设，像雨中收伞

今年的冬天来得比任何时候都快
我想去看看水杉，那是我的一座梦幻
我摸到了一根藤

即使破壁能够照亮神话的魅惑
我也会越过系缆的斜阳和飞驰的闪电
告诉水杉，脚下的青苔已经上路
只有远去的自己，被脚步遁回昨日
昨日是闪烁的途经，像苏轼笔下的晴
"定风波"里的苏轼一定在跟我对视
散发出自然之缘，水杉一般排列整齐

水杉是河水之神，是岸的天空之城
是我在这个冬天里沉默的记忆
我在那里存在过，也飘散过
每一个午后的离开，眺望就成为虚妄
世上原本就没有什么彻底的孤独
只有慵懒的夜幕，能够消除午后的寂寥
远方是我种下的十万种如镜的轻盈
每走过去一步，就有风在提示我
所有的命运码头都是虚拟的
呼吸之外的告别，才是人类的永恒
那么水杉，你就沿着河水继续诉说
一扫千年，在某个时刻遇见灯和酒

2021 年 11 月 29 日

午后，随风的太阳（五首）

也许与风有关

午后，我读敬文东的《器官列传》
才明白心是看不见的
脸是丢不尽的，嘴是危险的
也才明白博尔赫斯为什么会说——
黑夜是"将事物的一半放弃，一半扣留"

这些也许与心无关，与风有关
风很大，把我引向更安静的黑暗

所有的狂妄最终都将粉碎
就像窗外的那一截树枝，被风燃尽
甩下两缕过眼云烟，从窗户飘远
春天会让我们变得更加轻盈
一定会有一个记忆，找到遗忘

目击两只碗

目击有时是残忍的，因为目击过破碎
两只碗在消毒柜里的放置方式
让我踌躇不决，一只紧挨着一只
像初吻，像两个饥饿的孩子
我决定分开它们

它们并非孪生，却相依为命

我把它们叠在一起，为了留出空虚

我的目击是神的目击
没有上限和下限，只有安静
只有毫无意义的形状

有些理由和真理就是如此——
一片青瓦覆盖着另一片青瓦

阳台的晾衣架在飘

晾衣架招风，一阵一阵地晃
没有衣服挂在上面
也就没有什么可挂念的
就像葡萄架，只剩空空的秋

一旦没有挂怀，它就摇晃得厉害
终于，它飞舞般地掉了下来

如果没有一点灵魂的重量
或者没有任何的重负
那就是一场失重，一场飘落

酒的时间简史

年份原浆，像民国一位读诗的女子
手里的蒲扇让阳光斜斜地照着
她把时间划出了痕迹
眼前，有残絮飞动的影子

其实,最精细的时间是引子
是那种叫不出名字的轻抿

酒是苦难熬出来的,有摩挲和翻滚
还有家族和历史的传袭
如果它的曲水可以被掰开
就会有多少个酒窝,藏出时间

蝴蝶兰

蝴蝶兰上面栖着一只蜜蜂
就像长到一起的树
它们是异族吗?其实它们都在拥有

我盯着它们,想跟它们说话
想虚构一种爱,虚构一种心跳
虚构它们的翅膀是怎样地扇动风

它们厮磨着,有金黄和淡紫的声音
像曾经走失的马匹,背诵一座山的词

春天总是被风剃度的
日子很潦草,但只要有相陪
就会有蝴蝶兰和蜜蜂新鲜的吻
以及静静的那一滴雨

2022年3月9日

茶语五阕

烫　杯

坚硬的水和柔软的杯盏，如此惊心
需要几滴烛光里的泪
才能稳住几茎枯草

喉咙像车辙那样伸出远方
没有什么是脆弱的
只有拼尽僵持或者平衡
回到山野，才能理解杯盏的软

柔软的另一面是缭绕，是气
是被浓云卡在天外的阳光
把杯烫热，就有了天地瞬间

置　茶

人间所有的法度，就是枯草的泣
一根一根地滑下去，我就败给了它
人间不全是写在纸上的江湖
还有这些紧实而韧的春和秋

我早已逝去的青春，又败了一回

尽最大的努力铺展，没有延伸
因为水还没抵达

眼前都是未知的边界

静待俯冲，静候灵归
我和天地就在这里互为循环

冲　水

冲水，有半个月亮升起
华枝春满，我在等一个故人

俯冲在罅隙遍布里，水是无语的
茶的醒是一种魅惑，一种确定和不确定
我看到了苏格拉底的那张脸

无须裂变，当然也无须拔节向天
如同沐风栉雨，此时拒绝水
就是拒绝了一生的轮回

即使茶汤变色，你的本性没有改变

奉　茶

从公道杯里倾出，我听到一阵蝉鸣

汤其实有尖锐的棱角，勾住欲望
就像在某个雨夜努力去想雨的声音

我在肖邦的玛祖卡里等茶
等一种残缺的圆满
等一段清明前的环形山

残缺为美,留在沉默而空旷的时节
眼前的杯就像深夜里的井,回声漂浮

慢 品

品就一个字,却滴滴触心
轻啜还是深抿,连接一万种必然

想起了另外半个月亮
害怕虚幻的圆,只有缺是真实的
纵是残山剩水,也有我美丽的缱绻

慢品一口清澈,去面对天地寒彻

茶汤压迫着我,我突然走进一座黑暗
谁能带我走向门?走向那个
被拖出屋外的光亮

2022 年 3 月 23 日

长出情绪的太阳（三首）

阳光吵到了什么

入夏的感觉。风像飞鱼隐入
一片奔跑的腹地，暗河一般潜伏
太阳有些吵，有些不合时宜
羞于说出冷、疲惫甚至心的荒原

居家的朋友说，只长情绪不长肉

风摇摇欲坠，阳光吵醒一座陷阱
坐在江边看水，浪并不淘沙
只是轻轻划过一段雾霭的哑谜

明天，只是一个美好的指望
伤痕与复活，其实就隔着一层纸

太阳能泡出一壶茶

阳光从窗户倾泻，照亮我的一壶茶
我喊风，风把我的喊声刮回来
我不敢再喊，等着太阳把茶叶点燃

风在昨夜里说的那些话，已经不算数

只有阳光能摸见我的茶
就像摸见我在初夏里的一行脚印

我反复叫着茶的名字,太阳说——
茶是好茶,就是风不正经

我的茶走进那片彻底的阳光里
终于被太阳泡醒了,一杯接着一杯
我喝着一种概念,一种无边无际

一闪而过的荒芜

每个早晨,我都在抱紧阳光的缝隙
太阳那么美,却长出一堆漂亮的情绪
也许若干年后,我也会如此幽深

再美的阳光也是一闪而过的荒芜
我不在意,更不在意尘埃一丝丝的缓慢

尘埃其实是相同的,只是各飞各的
世间所有的幸福都来自各自的神秘和美
所以,不必再去怀疑草叶上的露珠

你的就是你的,每个季节都有欢娱和颓废
那座看不到门的房间,窗户有灯亮着

2022 年 4 月 12 日

茶是被喊出山外的魂（五首）

茶　祭

匍匐在茶壶里，浮起太多的心事
把它交给诸神的道场，让月光指引
沉寂一片，没有谁能搅动隐匿
就像鱼群从不计较水的幽深

从草木修炼，在时间里裸身而出
摘出疼痛，经过揉捻和烘焙
最后被扔进壶里，与喧嚣的水和解
一步一步，退回自己沉寂的身体
碎裂或者醒来，都是刀耕火种的宿命

我泡茶的手总怕弄伤它的叶脉

茶盏浮着细小的波浪，一片无妄的恐惧
没有什么水系能够代替它的熟睡
茶，终究是山和路的劫数
是披着魂的尘埃，被喊出山外
由生而死，归于红尘和博爱

各喝各的

一泡茶叶被打开了，就是奔赴末路
它的肉身在陌生的世上抵达
水，一瓣一瓣地从它们脸上掉落

那是秩序，是神的气场
是削发为尼的超脱和散淡

相同的茶，藏着各不相同的心事
端起杯，各喝各的时间的缝隙
再缓慢的啜，也不敌一饮而尽的荒芜

突然就纠结于一片茶叶
捏起来看了又看，褐色的美丽
它分享了我身体里的沉默，今夜
为谁放下？我开始怀疑茶叶上的露珠

其实，一棵草芥的欢娱和颓废
不止于各喝各的春天和秋天

茶器之名

各种器，来自被烧制的泥土
茶的浮世绘，分别为它们命名

一个杯盏就可以唤出一座茶山
茶器其实太单薄，需要山的倚靠
需要岁月漫长的开始直至结束
任何岁月的隐忍，都是历史的遗物

正如仰望星空会让人恍惚
端着茶盏，我就想起噬骨和坚硬
在语言的隐疾里，只有舌尖是柔软的

没有时间能够躲过燃烧的空缺
那晚,我不小心摔破了一只杯盖
在一种原罪里,听到一声响亮的骨骼
茶盅的所有隐喻都在水里沉沉老去

茶器没有杂念,最终还是泥土的孩子
不是在尘埃之内,就是在尘埃之外

茶　约

约茶时,我想起一个人
一个比掌声更加热烈的人

他是我思维极地里的一位茶友
静坐在深海之渊,鼓着辩证的褶皱
幽静,仿佛密涅瓦之鹰飞临

茶被端起时,便有了川流的意识
羽翼的日子里,茶最终还是迷失于水
茶约是一场热烈的静寂,没有回声
任何溢出的自己,都是剩余的漩

也许我们正从时光的容器里走出
一回首,一道历史的窄门已经叩响

问　茶

我在茶的原野选择茶,一款罂粟茶
那是北方一位凿碑者的心事
他用舌尖的利刃收割南方的嘉木

然后去窥探一壶水的隐私

茶在沉融,只有在拼接中的聚合
才能懂得唇齿的感性或者飘渺

无须问茶,所有重构都是茶的隐疾
它的完整性始于自身的拆解,却终于
在时间的暗流里不断地溺水

我终于明白,茶为什么总是在深夜醒来

我独坐在茶的原野,喉咙再也不干涸
那片淡如词语的坚硬的茶叶
正在把我生命中既定的河流推远
何须罂粟,我所有的词都被它缴纳

         2022 年 5 月 10 日

那些两个字的片名

我在找,那些年上映的两个字的片名
《决裂》《春苗》《创业》《海霞》《红雨》
它们像双黄蛋,有强烈的喻体
银幕是那个年代唯一被点燃的渔火
革命不需要宽松的羊绒衫
爱的肱二头肌只能埋藏,只能用年份原浆
去剪辑没有任何私欲的故事

剧情就是革命在产卵,在说辞
在用口号代替对话和沉思
人性再弯曲,也必须用黑体书写阳光
不能随意说出古镇的阴影
任何笃定的典籍,都只有两个字——
革命。如同两个字的电影片名

那个时候没有爱的回音壁
更没有巴比伦和米开朗琪罗
有一天,我把自己的名字刻在墙壁上
一下子就被爷爷擦掉了,像擦掉一座梦
也像擦肩而过。爷爷说,字写得再好
也只能写在纸上,不能留下痕迹
突然发现我写的原来是挺括的赵体
被擦掉了,就等于擦去我的文艺复兴

于是我去找电影，专找两个字的片名
那天晚上刚好在放映《海霞》
我一遍遍地唱着"渔家姑娘在海边"
耕耘着我所有的未完成，包括写小说
漂亮的女主角向我泅渡而来
那种绝尘的美丽如同瀑布倾泻而下
我想把她的名字刻在墙壁或者美人背上
但找不到任何的说辞，后来，我
只好写在一张电影票上，那是我的版本

那年我的小说在孵化一个年代的剧情
写着两座缓慢缠绕、攀缘的身体
我想起一个也只有俩字的题目：燃烧
看到奶奶正往灶膛里塞进几根枯树枝
火光呼呼冒出，像飞旋着爱的名字
它会分身吗？但是"火"不能分为两个字
于是，我还是去找两个字片名的电影

从《决裂》《创业》《春苗》找到《红雨》
举棋不定，像受体在回音壁里不断嬗变
我抬起一副革命的近视眼镜
收集眼前的革命光芒，以及乡村的愁
我的每一张电影票都富含蛋白质
深埋在一堆阴影里，那些无限回返的故事
正在我掌心的脉络里缓缓打开

革命是那个年代的热词，我没有丢失
也没有疑义，我继续去寻找那些
与"革命"同样是两个字片名的电影

2022年5月30日

暮色苍茫时，长笛倏忽一过

长笛是暗飞的，像水之外的暗影
但它始终清澈，尽管杯底有盐
唇的法则隐匿着一种形式
被语言的重量托起，不需要支点

原野目光深深，仿若岸边不眠的溪石
有一道胭脂比一轮日出更加娇艳
没有诘问，只有虞姬打开镜中之门
扔下一束寄居多年的罂粟
笛声倏然饱满而强烈，像杯子的呼喊
然后重临日落，可是谁想到过鼓掌

生出羽翼的下颌是一束被照亮的地标
狼毒花开败了，青铜依然低鸣
依然经过那段星群般绽放的路途

制造声音的人一定会捕捉到一组词
有酒杯在逗留，在紧张的夜色里凿击荒野
声音的意志性其实是隐忍的
是面朝断崖的一场聚合和裂变
波伏娃无论怎样失眠，都会让额头悸动
都会在一口枯井里挖掘回声

窗外，无法摁住声音的情绪

笛声悠扬,不过是抛向空气的符号
如同雨天的花蕊那样清脆,然而
果实总是疼痛在时间的暗门
缓慢生长。花农说:花开是有声音的
是彼此幽密的倾听,尽管倏忽一过

长笛的耐心总想触及人的精神废墟
就像搅动云层般持久的泥泞
暮晚的灯盏悠悠,但不会引燃阴稠
修辞再喧闹,也无法翻越声音的尖锐
在时间里不要轻易去掠过什么
保持一种合适的亮,就不会耀眼

长笛最终还是要自己飞的
飞在暮色苍茫之际,看花开花落
看晃动的人心,以及酒杯中奔腾的泡沫
它飞过你,飞过我,飞过深远的世间
当喷香的醍醐向着下界飞翔时
那个酩酊而锦绣的下午,就会被蘗出

暮色苍茫时,长笛只是倏忽一过
便有一道摄魄的虹,从深潭里浮起

2022 年 5 月 31 日

红木是这个世界最疼痛的美丽

海南花梨

一个符号而已，看一眼体内就会升温
花枝乱颤，思路摔倒，一个趔趄，就
坐在那把交椅上，如同跌落幽深的渊薮
漆和皮磨损了一亿分之一，心生浩瀚
颤抖的光阴，像惊春掠过原木的山谷
每个"鬼脸"都隐藏着上帝的暗号
没法画出它越来越薄的惊叫
只有烟岚和葳蕤，才是主宰一切的神
静在风中飞飏，奔窜着惊人的活跃
那些囚禁在木纹深处的奇诡精灵
是我面对神的旨意的"目击道存"
我突然有了一种对话的姿态：虔诚

小叶紫檀

以沉重的肉身，目送每日暮色落下
小叶深埋着生命的原味，泣着血
才显得如此厚重，每一道金丝
都是人类汹涌的情绪和涅槃的本质
夜再深一点，让木纹涌起宇宙的理路
同时带有一种强烈的表述欲望
山林从不向四季起誓，荣枯随缘
紫檀也轻轻滑出我的视界，繁花黯淡
就像一刀一刀被剔除的多余的逻辑

人间没有任何无谓的休克,只有风比邻
夜空目光炯炯,赶着隐遁的光芒
敲击那一声木铎,就想起了檀香刑

沉　香

仅仅是一截打捞自海底的枯木
就被誉为"沉檀龙麝",锤烂了一座山
人间有太多的诗意无法返回
只在这八大山人的残山剩水种植记忆
那一刻我把我的触目当作莺飞草长
但还是啄不出世界最后的定义
我想测量一下沉香的心跳,再去把玩
沉香终究沉默不语,像诗里的最后一行
凝视它的那一刻,空气被抽成了丝
所有的词语也惴惴不安,像喃喃细诉
假如漫山遍野的树木都是我的爱人
我一定会将这一段枯木,还给山林

酸　枝

像一面被鸟声啄碎的湖水,暗影迤逦
不止于酸香和温润,身世总是慢慢匍匐
耗尽一辈子的忧伤,有胭脂在蔓延
每一个木匠都有爱森林甚于大海的心
如果说不出爱,那一定是诗人怀揣的苦
躲在小半朵尘世里想念露水和土
想念所有与树有关的情节,让风慢慢变老
踏水而来的折痕,会不会薄了时光
会不会在掌纹之上,寻找到树的遗址

酸枝那段柔硬的对白里,有时间的诞生
所有的木纹都可以装订成册,像绮梦
像雨水沿着树的身,一滴一滴地落

          2022 年 6 月 4 日

我是一滴躲雨的雨

躲过夜，躲过路灯下的影子
但没有人能够躲过天青色
躲过一轮烟雨的法则

我是原野上的一枚沉默
是隐身在观念苍穹里一滴躲雨的雨

我在烧火，在做一顿自己都怀疑的饭
时间从不背弃我，我去爱一场虚构
下雨天是残缺的诞生
不断消解的水，在洗一张缺席的脸
像打磨一座染釉的陶器
带走上帝的虚无，也带走所有的荒诞

雨从不逗留，它只落在易碎的意识里
躲雨其实是不真实的，如同自我与洞见
有什么词语能够俘虏雨的感性的唇齿
只有突然陷入思辨的花树，以及
那些磨损美的质料和语言的经验

其实，雨就是途经或者路过
树木再震颤，也还是苦涩
也还是潮湿地舔舐，幽深于我的体内
躲雨就像河流在水中找到自己

出于一场被容纳的遇见，丢掉了迷失
风有着太多的棱角，雨没有
雨是风的殖民，最终要交出风的词
我不忍翻阅一个无法分辨的夜晚
只好与路灯彼此参悟，彼此交出雨

雨是我最终的意见领袖
它会告诉我所有轮回的秘密
假如雨丝能够切割黄昏
假如洼地可以自行填平
我们便会重逢在那一座悬崖上
让心里的那些陡峭各自漂流

雨天里，我是一滴躲雨的雨
仿如天边不辨方向的云朵
与宿命相似，又被绽放在雨雾里

          2022 年 6 月 13 日

在三十四层楼上看风（三首）

风有三十四片叶子

我在三十四层楼上看风，风越高就越瘦
像一条游动的蛇，脱离存在般地穿行
它赋予我一个现象学的视觉
我在寻找梅洛·庞蒂可见的非镜面逻辑
打开落地窗，那一丝门缝就掌握了我
窗帘飞天似的卷了出去，无忧无虑
我来不及记下我所看到的一切
我只记得它有三十四片叶子，刚数完
它就不在了，不在我的现实中
也不在我的虚构中。然而它在诸神的窗外
在我那些充满纸屑和尘埃的词语中

风没有归途

在天空巨大的空腹中，风没有归途
风是被造物主追打的灵魂，非隐忍不发
对着镜子，我在我的脸上寻找风的脸
风的脸谱其实是颠沛流离的
没有一张靠谱，浪荡得像虞姬委身项王
把言语沉入裙裾，让所有的姿势明白
远山有荫翳在蔓延，如同廊庑间的水光
风最不在意归途，任凭斑驳或者悬挂
搅得天地一片寒彻，最终还是消失在风中
亚当、夏娃被逐了以后，天上的花园

就荒芜了？其实不肯退去的只有那种明暗

没有一滴风能让你看清它的脸

等风来，风留给夏天的时间就不多了
在无法完成的我的叙述面前
风守住它的苍茫，月光早已经被吹走
想起鸟告别它的巢，向异乡那个词迁徙
在三十四层的楼宇，我像站在树枝上
向往一阙垂暮的、遥远的樯帆般的修辞
但没有一滴风能让你看清它的脸
就像看不明白那些"老"不更事的世事
我认识风的时候，我还是少年
今天我从风的怪叫中扯出一张湿漉漉的网
再拿出我体内的铜，寻找风在杯里的光亮

2022 年 8 月 1 日

秋日识字三章

饕　餮

第一次看到"饕餮"时，我就被"食"了
知道它就是吃风的贪婪的野兽。后来
看到一个喜欢妖魔鬼怪的川妹子
一直沉迷于扯淡和野生的"山海经"
她研究饕餮纹，想在筷子上镶嵌金冠
结果，雁门之北射来了一道光
让这双筷子变成首屈一指的手指
戳入火和熔浆的地层，化为龙纹或夔纹
那是龙，是东周人关于兽面的一种猜想
最早的贪婪就是美，就是《吕氏春秋》里
饕餮所居、鹰化为鸠的穷奇之地
那时的美，还是先知、问卜者，以及预言

沆　瀣

"沆瀣"二字，本指夜间之水汽
无所谓风，无所谓雨，更无所谓前朝静马
当年的主考官崔沆批阅到崔瀣的卷子
喜不自胜，爱心耿耿，如同星河欲曙天
发榜后，门生去拜访同姓座主恩师
瓦冷霜华，翡翠衾寒，除却二人谁与共
却被讥为"座主门生，沆瀣一气"
突然想，一个词随时都可能比生死更锋利

就像身体有时候比记忆更加缓慢
那么就化作一匹小马过河，无关别的驴
尽管水深没膝，也要等一片山水醒来
此生谁好？此生谁坏？唯有天地可鉴

潋滟

"潋滟"就像睡美人，又像一座西湖
那是风声在水之湄的皱纹里飒飒酿酒
她要是能成为我的一部分，那就知足
我和这个世界的距离，其实就差这一个梦
我欲望的茶杯里有水晶玫瑰在掉落
一片远山一片雾，我于是有了自己的名讳
那是属于我的符号学，有爱情回来过
潋滟里的诗歌写了第几笺？夜总是隽永
世间很多事物都在跑，只有潋滟依旧
我就这样说出一个人的话语，然后先去睡
看屋子里炉火跳舞，听某教授在说"想得美"
我故意让梦走错一个步子，跌入潋滟

2022 年 10 月 8 日

茶语十首

一杯茶

你端茶的样子
多么像捧起一个婴儿

手不要抖
一抖,我就会浪起来

过去,我被日月晒过
现在被水浸过
没有过往,就没有我的疼

你如果也是那样疼我
就把我一饮而尽
我不会喊疼

老枞水仙

听说老茶树长得挺高的
还挺老
为什么要搭配一个少女

水仙其实有些委屈
这样对得起她身体的曲线
以及笑得弯弯的眼睛吗?

这让我想起

明丽总是跟皱纹配搭
老枝新叶
关乎情还是关乎爱

肉　桂

肉和桂
在一只盏里
水就长出山的样子

想起荒野和泥土
自从鹰叼来那一块肉
桂花就再不会那么孱弱

喝掉我，只需要一口
一旦摇头或者说话
那种高火，就会苦到苍老

铁罗汉

几根条索，再硬
也容易折断
却被起了个如此的名字
像裹着一身铠甲

我小小心心地喝着
生怕它一跃而起
会把我拽进庙堂

其实，再单薄的物
体内都深藏着秘密

水金龟

那一口茶
一直没喝下去
我担心有金龟会爬出

简直,像在放生池
我撑着伞从那里走过

我感到有些冷
尽管汤很烫,还很湿
差点就滑了一跤

金龟扶住我的眼神
让我看明白这茶的心事

醒　山

"醒山"是我要见的茶
有老枞和肉桂
浓雾中的嘹亮,像瓷器

闻着暗香
我去寻找命名的那个人
她的尾音吻伤了十个太阳

山是被水喊醒的
那就开泡吧,尽管暗香里有疏影
还有需要排解的劫数

也许一转身
就会回到山里继续闪烁
继续那一滴安静的水

白　茶

味道并不浓郁
然而收腰包臀，凹凸有致
锁骨裸露，像裙裾的开襟

纤细不只是一个词
有隐隐的光，闪在那座汤里

一个女孩拔出口红
在车窗上写着：白里透香

白芽奇兰

这个茶名如同月色撩人
还有点像桃花水，淡淡地飘着

初恋般拘谨，只能散散地聊
趁河水还没泛滥
赶紧抿上一口，否则它就破碎

语言不会消亡，只会坠落
在茶里找一种量子纠缠
到了暮色四合，才会有新愁

金骏眉

一直觉得有千军万马

在水里奔腾
如同花草树木的聚拢

骏马的眉跟云彩
互相不纠缠
像高原的风不说话

但水一俯冲，它就嘶鸣
就会横眉盘旋
我看到有山峰的皱褶
在那里徘徊，压低迟暮

铁观音

终于说到老铁了
它是我最早认识的茶

不当大哥好多年
但还是大哥，还是山的疼
就像心上人看过的落日
带走所有的好以及不可说

合上眉眼
有说不尽的豁达
词根依然认识回家的路

再喝一口吧
拽紧曾经的荡漾
一世苍茫，只为了反复被雕刻

2022 年 10 月 30 日

茶语又十首

大红袍

最应该戴上皇冠的是她
一生浣纱在悬崖峭壁
漂洗的,不止一个王朝的背影

如今子孙满堂
熟稔的皇袍,覆盖着南方嘉木
九曲溪再也不用烟雨
送她进宫

那么,就活成一尊雕像
从云端嫁入日常

半天妖

或许是过于妖娆
半山藏不住太多的往事
一妖成名,就收拢天下的着迷

站在半天与落日齐平
无处见性,把旧日子垂挂、风干
等到神的伏笔不断蔓延
你说,只要一滴水就能泅开

你最爱哪一张唇呢?

刚唤醒，月光就迟疑了一半

白鸡冠

名字有时候就是一场忧伤
美人和江山，都可以变成雪白
水说：它一定要颤抖的

秋天被摁进了骨头
你就养活一座无骨的紫薇
那里有树冠吗？

任何表情都具有实际的重量
一种致意被我制造，也被茶制造
鸡冠也许是空洞和虚无的
只为描绘出水的影子，它归之于山

空谷幽兰

为了忽略一枚落日
我去搅动幽谷里的一株茶树
空谷有花，但开得孤独
像一场永无休止的爱

用涂抹过罂粟的嘴唇
斟茶，卸下幽兰的羽毛
我是逆光存在的，没有时间

兰是魔怔，只为我所有

一首诗不能填补太多空白
只有尘烟填补了我,它举着空谷
让一盏茶的嘶鸣,成为我的晚课

溪谷留香

溪谷有炉,茶烟是云的颠沛流离
一条溪折叠一涧美人的身影
暗香依旧,我却找不到我

山水沉于杯底,我不和孤峰较劲
微风之远,还能远到呼吸吗?

坐下来吃茶,茶之外还是无限
闻香何须识女人
去了一趟溪谷,就是对——
飞过的水的一场认领

鹤顶红

红是一个点,水也是一个点
江湖如此深远,能压过所有茶盏
那一滴红里有山涧安静的悸动
还有与我静坐的茶的回声

鹤顶敞开一座观念的门
它从不背弃爱它的人
于是,我想在茶里渐渐老去

即使山谷里的风不会逗留

我也要让这一盏茶
像所有的鹤鸣,响彻九皋

心头肉

可不可以不用如此撕心裂肺
即使我们赤裸,内心依然柔软
茶,最终还是迷失于水中

心头肉是秩序坚定的隐喻
它无法容忍杯子的任何杂念

我可以饮下羽翼,但不能缴纳词语
因为茶的每一丝脉动
都有我面对这个世界的欲望

坦洋工夫

红茶中能支住我的下颌的
还是这种工夫,它能植入地缘政治

巴拿马博览会已成往事,多少年了
它一直是开不败的狼毒花
某个晚上,我香醇地走过它
我们各自碾平了思想,磨砺边缘

风轻水淡,褪下妆容的轻盈
一定不是轻浮的坠落
而是比意义更恬静的存在

茉莉花茶

花为媒，骨子里有青铜的低鸣
撞响清脆花蕊的，还是六月茉莉
像火中取栗，我试图摘出一朵
却有泥泞被我持久地搅动

香气馥郁不是目光的选择
来不及分辨的星辰已经埋入水中
我由此明白了轮回的秘密——
花和草，终究是彼此参悟的

接纳是一种美德
拥有把握的，不是死守自身的孤独

佛　手

其实它依然属于铁观音
只是始于规则，终于博爱
佛的手是用来拈花的

刀耕火种里有水的意识
可以在雨中，也可以在风里
但它从不留恋失焦的黎明
只要一滴露水，就能漫过干涸

牵一回它的手吧，也许
它会让你形式的舌头，沉入六根

2022 年 10 月 31 日

歪脖子树

那棵歪脖子树吊死过崇祯
风语者说：他是唯一的见证人
历史从来都缺失愤怒，除了死

爱伦坡笔下的乌鸦都在说——
"唯有黑夜，别无他般"
我们是数着太阳的光芒长大的孩子
还在等待那一匹归来的红鬃马

每个人都是驼峰里的一汪水
藏匿在撕裂之外，临渊羡鱼或者结网
靠近狮子吃草的还是那只瞪羚吗？
一个男人和一个女人相倚而坐
他们的目光里有一千棵歪脖子树

时间是来不及穿衣的过客
它们能把天空拉下来，再送回苍穹
或许某一天，有一片鬃毛会动

2023 年 1 月 11 日

蝴蝶兰

蝴蝶兰是被钢丝扭曲的
她的喑哑里露出洁白的乳房
真有点不忍心瞥她，一眼就会碎

有野蜂从阳台闯入，飞到某一朵上
说着一段爱情以及婴儿的故事
其实我们早已经青丝成雪
像一袭落幕，用牙根咬紧颂词

花开静静，宛若无人的山峰
花是如烟的，是废墟上升起的楼
谁在刨出谁的声音？告诉这个世界
有一首生日探戈伸长着脖子
在空无与肉身之间，虚无缥缈

比蝴蝶兰正当其时的还有谁？
只有老，不喧嚣也不越过其他信仰

2023 年 1 月 11 日

平安扣

心里有一个平安扣,像虚构的雪轻轻落下
那个一直用陡削的目光注视过我的人
回到了我身边,带来所有的美和足够的耐心

能抚平战栗的,不是湍流就是烈焰
像这天空,一直在做一件事:风撞击风
我想远离经年的本义,让麋鹿走得慢一点
"平安"二字一定是这个世界幽古的方言
心再脆弱,也要结清天空和大地的账
让被雨水压弯了的我略带一点庄严

我和她在深夜说话,越说越多,越说越深
四周的门扇都在敞开,都在内视这一生
天亮了,我可能会失去一种渴求
而天暗时,我想带着她走出这座天空
在时间成熟的某一刻,春天来了
但人间太窄小,连一丝空气都躲不过
只有扣住那一粒平安,才能跟去年说再见

2023 年 1 月 30 日

地上的红雨伞

落红也好,落英也罢
踩下去的每一步,都是脚的奢侈

飞过来一瓣,像枕边风
贴在表情散佚的脸颊
喘息陡然紧缩,串一片恋人的梦幻
影子避让着影子,雨被推搡
想象力再贫穷也需要牢牢攥住

环卫在打扫,日常被抽离了
那些花瓣都是我的忘年
手在半空孤悬,想接住另外一瓣
让飘落变成一桩生活的表演

快夏至了,谁是无情物?谁去化春泥
每一瓣都过于动人,都钻入史诗的罅隙

宁静是宁静者的暗影
将叹息荫蔽,只留下风的口谕
地上不断地黏稠,红成婚床的模样
雨夜的今晚,该跟爱人说句什么?

雨太重,羽化了一座江山
只有一对相爱的词语淅淅沥沥

不拜山不拜水，今夜只拜落红
我举着花瓣的缺口，搅一路烟尘
一些坚硬的声音，已经渐渐柔软
或者干脆躲到屋外避雨
去打开地上的红雨伞
任何一瓣，都是可以信赖的遮挡

      2023年6月15日雨夜

蝉 落

一只知了从树上掉落,像一记丢球
它熬不过失控的夏天
越叫,就越活得深陷而干涸

它的一生永远不会安静
却偏偏不与笛声同行
晒干了,就挑给那幅悲欣交集

树枝是夏天的栖居地
翅膀总是被浪费,像妇人抓住的被角

来了一位去年的喝酒人
问道长安在何处?我说唐代太重了
还是去宋朝吧,那里有苏轼

于是,他捡起一只蝉声
对我说:要去上朝

2023 年 7 月 7 日

关于圆（二首）

红灯笼

无法形容的红灯笼，没有一件衣裳
能够裹住它，没有一场假面舞会
能够搬动悲悯，让人重新认识暗夜
一整个夏天的修辞都被它瞪圆
媾合成排比句一般的秩序
傍晚的天空，蓝得像勾栏里的泪
有一万个善意让我离开市井
谈谈昨晚路上捡到的那双红舞鞋
还有雨夜捎来的一抹胭脂
细雨是深宵的梦遗，告诉我
没有梦遗的灵魂不会有销魂
无法形容的红灯笼，关不住今夜
关不住泪落茶杯的人世
也关不住那张婚床的禁忌
任何的圆满，都是身体里交出的水
每一滴都是我的前世今生

地球仪

不要轻易转动我
我本来是安静的，像青芒
像初恋时内心的法则
我希望，能够在这里遇到
曾经丢失的邂逅

以及那些无声的翅膀
也许，我只要一转动
那个亲爱的词就会从胸脯蹦出
紧贴我的时尚，让圆形陡峭起来
世界的每个角落都有疼痛
都有可被分享的记忆，在世界之上
我的目光一直不能抵达她的胸脯
只能每一天都在赞美遥远
在这里，我，一颗居住在星球的心
一直藏在我童年的旧鞋里，只好
用光泽把一个誓言，涂得更圆

2023 年 7 月 27 日

第五辑

我在我的思想里找茬

中国没有南回归线

天空是失约的,地球是失约的
史前的那些传说都在失约
我只相信古堡,那里有深碧的藤蔓
能够在我发丝背面——
遥远
拨弄地球仪一定是狼的爱好
比如咬一口中世纪的月
或者废弃的海

在一座亘古的木屋轮回
也许是风的宿命
所有夜的水面都是飘零的
就像身体泄露光,沁凉而透明
我在寻找漫长的南回归线
如同隔世的爱
在演绎纸上的深渊

有光。那是我思想里的断句
我突然就闯进十九世纪的街巷
去接续前人昏黄的余生

此岸有玫瑰红,散开时间的裂纹
一位朋友告诉我,中国没有南回归线
我觉得我的徒劳像神秘的擦肩

夜色居然守口如瓶
我潦草收笔
准备饮一口酒，然后去勾勒太初

夜蘸着我的一场虚构
想着亘古的星座为什么亘古
这个世界一再迟到
我只好从前方去偷袭记忆
我的梦想一定早于溃败的历史
此刻南回归线还在远方
等我。就像黄昏等待漂泊

2021 年 3 月 27 日

走进水墨的痕（五首）

落痕朱家角

没有什么可以爬过这里，除了风
一棵羽化的草停歇出掌印
江南的涟漪沽来一千座婉约
昨夜，所有的梦都是记忆的返乡

闯入镜头的总是我的鞋尖
倒过来，就变成拱桥上那些看天的人
烟雨江南是我前世的村庄
朱家角，我找到一枚深嵌在那里的云

醒着的人都在走进水墨
日头有些烫，要跟这个后春天握手言和
归来的浣女擦肩而过，不见一个王孙
那些离谱的飘絮一定是误入歧途

落一条痕，或许你就是这里的风

什么在道别什么

山是能够踮起脚尖的，比如喜马拉雅
寂静和恒温总在我的侧耳
溺水的灵魂一旦被抱出水面
世界就隐退到山的那一边

挂在墙角的风衣憎恨夏天
它是深夜的失眠者，凝固一节灯火
远远地看一定是可以的
一靠近，就如同豆荚引爆

屋里的麦穗已经不会摇曳了
疏离或者忍受，都会割伤夏天
把身体里的一朵花变成石头
什么在道别什么，只留下镜前的眼睛

风吹得很不安，草也动得很少年

茶语者

是谁借茶之名，一开口就是一千年
因为火还是因为青，独语如远山
水的俯冲像风中的狩猎
在季节里说话，不会有涟漪也不再溢出

挣脱灵魂再去挂满夜的瀑布
光有些硬，如同一块记忆的岩石
那个盏一定是风的谋杀者
存在的就是存在，风雨才是故事

不需要过于热闹的倾泻
茶汤总是先于女人脸上的战役
谵妄的尖叫，让所有的夜色流于神秘
僭越得越是残酷，就一定越是传奇

无论是抿还是呷，都是茶之语

一种女神

如果梦比夜还多，就让它干脆是水
如果明天比后天还遥远，就让它自己是神
有一种女神比海浪还丰富
匍匐在有光的世界里，撑起命运的篙

真正的美永远是梦想的美
活在自己的水域，让生活堆满盐
没有什么河流是最好的，只有自己
在别人那里遇到的总是那种坚硬

自由可以得到也可以失去
恍然大悟或者是彻悟，都是水底的草
哪怕失去一片叶，也要与鱼群为伴
除了爱，没有什么是最好的证明

一生只安静，一生不后悔

鞋尖对着鞋尖

没有什么比针锋相对更加明白
那其实是两座发光的身体
不需要腰杆
只需要两颗脑袋埋入一种深

去看一棵去年的树，没有树梢
边上那一棵也没有

裸露的鞋带试探风的触须
鸟的孤独，无欲消解无欲

所有风声都是夜的出口
从鞋尖漏出去的，只能是光
让它们再逼近一点点
尘不染尘，这世界本来就似是而非

只有一道明亮，能够从它底下走出

2021 年 6 月 28 日

低声二吟

梦的湮没或诞生

梦就是一场夜的突围
像野地里那棵纷飞的乌桕树
落叶无法说清一切,就说它是松脆的
用一片云朵包扎潮湿,夜照样冷
清晰的陷阱都是局部的语言
只有混乱能够摇撼它的伫立

湮没在野地这头,诞生在野地那头
眼底有黑暗的先知潜入刀锋
西西弗斯能匍匐出一百种深蓝
所有的轻与重,只有鸟群可以穿过
尘土一旦离开大地,梦就醒了
睡熟的雷电是宇宙一把移动的影
有黑色的气流在冷漠地抒情

还要再来一遍《致橡树》吗?
它在附近失语,说不出今天的梦境
只好用一段舒婷的诗去表达自己
如果灵魂是一个忏悔者,那就沉默
什么也别说,让落花追逐流水
也许此刻梦境就会被打开
也许有一场湮没,会诞生新的诞生

风吹的沙

多年前，那首《哭砂》总是挡住思辨
像索尔仁尼琴画出"活着"的底线
不写诗的日子里，我照样活着
但是我看到了自己的模糊性
只好用自己的语言讲述起伏的历史
然后再用《哭砂》洗濯自己
像女巫在海边虚构一朵蓝色的浪花

做了半辈子儒生，只能看别人仗剑
没有快意恩仇，也没有冲冠一怒
一个人的江湖终究是一个人的风
风吹的沙不能轻慢了这个盛夏
当然也不能轻慢所有的季节
我的文字正在落草，啸聚山林
心里有一座黑鹰山寨，等着诗句介入

《哭砂》是我午后的阅读指南
点亮我的智慧，吹落夜里的一片狂沙
梦中的奇崛，醒来变成一座平坦
我能看见我晚年要放的风筝
风的形状一如冗长而斑驳的回声
无休无止，撞入那个已经退出的世界
一支终身的玫瑰，被渐老的手接住

2021 年 7 月 17 日

飘渺三章（组诗）

酒　后

酒后我无法飘渺，就像无法深入我的诗
三千里哀愁一万里思念都在里面
远方有伊人傍水而居，谁在寻找纱巾和草
五千年前我的滋生一定是飘渺的
那阵哭声一直流传至今，染白了多少座黎明
今年的秋天就这样艰难地滑到跟前
但仍然还有燥热，还有那些失意的脸

江水总不够存在的深度，手指点着水鸟
我决定把手指搬移到城市的窗户边
为失业的这座秋天寻找一个合适的词
时间一定是我性格的一部分，无论快慢
都能写进酒后的那些棕色泡沫和香槟
跳舞的疯狂其实只是一阕印巴的手语
那里有苏黎世天鹅的落日与腮红
以及土家族那首令人陶醉的"六口茶"
游弋在身上的花园，此时没有荒芜
我记得在柏林，STORWINKEL 12 号
我在那里留下了一个记号，钟声震荡
继续走吧舞者，一切怀想都是无法治愈的

寻　找

我告诉过你，黑暗才是我们要寻找的

那里才有真正的隐忍、静谧和反思
悬崖下的石头都能找到反锁自己的角落
我们的理性去哪了？为什么要互相反锁
夜一定是必需的，包括有异性触碰的疯狂
即使我无法深入这一首虚无缥缈的诗
我也会推开窗户，看看眼睛到眼睛的距离

那只是水，比任何寂静的风暴还要坚硬
所以我想布置一场黎明，让六朝说话
风已经把我昨晚写的字全部带走
剩下不熄的语言，继续陪我敲下回车键
梦突然从我的身体里抽离并且失踪
我的故事变成了只有读者却没有作者
桌上的瓶花开始爆蕊，窗帘一下就暗淡了
原来我昨夜写下的那些东西全在里面
那还需要寻找吗？该寻找的是我的黑暗

注　目

注目一定是个极好的词，它不矫情
因为最好的朋友不需要别的只需要注目
在任何一个狭窄的空间里，友情最宽
时间也许旧了，深情被照耀得像串葡萄
究竟从几岁起我才开始懂事，开始有朋友
有太多的故事已经沉溺，需要钩沉和打捞
于是我想起了注目，去对付那些遗忘
生活已经走样，我不知道该如何回到原点
有朋友给我一个注目，光临我的黑夜
为此我曾经为一个虚拟的概念痛哭一夜

我曾经告诉已经离世的妻子——
如果不能永久生活，那我们就迅速生活
才能把稀释的日子浓缩成精致的丸
如今，我往一个质朴的方向继续行走
把"一个人的风"带到拯救和逍遥的意义
肉身变得沉重了，所有都化作诗化的哲学
我要把昨天丢弃的人间细节重新捡起
包括所有对我的注目，以及所有的玄想
拿起康德那把十八世纪的榔头敲打现实
掀掉理性的房子，回归历史的底座

        2020 年 9 月 20 日

有些弯可以不拐

曾经把一本诗集命名为《拐弯的光》
那是我曾经的编年史和意志
当我站在今天的背后,位置根深蒂固
我想有些弯也许可以不拐,就像
有些话可以不说,有些酒可以不喝
其实我可以在一盏茶里窥视乾坤
刺探我的影子,甚至屋里的空气
人生有时比未名湖还难以命名
你无法说出射日和哭长城哪个重要
所以你再也别去拐那些弯了
就简单地从羊皮书里出走
用你的生存去吞噬你的幻念
在额上种植一些时间,为了活着

2020 年 10 月 14 日

我的存在主义

三十年前的一场舞步,破碎
它的静止就是它的存在
青花瓷能够听到血管爆裂
躲在柔光里,或者挡在微醺中
我想让每一个舞步都拥有真理
因为我目睹了那里的一切

存在主义的真相就是无真相
这是我的理解,也许是有意的混淆
我像那个写乌鸫的华莱士·斯蒂文斯
什么也没看见,只剪下数根黑色羽毛
那位尖细嗓音的教授说出了什么?
我在这个春日寻找另外的一天
但我无法规划秩序,我开始消瘦

精神永远是精神的,因为它存在
水中四散而去的波纹总是被鱼类簇拥
我的存在主义是一盏无法熄灭的灯
也无法扇动风的翅膀,它存在着
穿过修辞的泥潭,我想等待世界的零
虽然屈从于自然是时代之斧
虽然我的存在终究属于存在主义

2021 年 3 月 17 日

健民短语捏成诗

1

想不起来我要写什么,风在追我
只好躺平,等待秋阳暖暖的扫荡

2

一杯茶端到唇边,迟迟不肯入嘴
美人的延宕,总是像闲置的梵文

3

酒说:我怎么跟你一直未曾谋面
我说:我触摸过你那蓄势的脸庞

4

那次,我焚琴的时候却煮不了鹤
世上有许多和解原来是难以割舍

5

袖手不一定是旁观,我只是走过
夜归的街灯像麋鹿的眼睛在凝视

6

不知道是谁说过的满街都是圣人
我怎么看,却都是一堆芸芸众生

7

湖水再潋滟，不过是星光的借口
只有那几枚汉字才是古诗的残躯

8

醉里不能挑灯看剑，只提灯过河
毫无章法的短叹不过是前朝旧词

9

风说，一个夜只能守住一面灵魂
那么在飘的是啥？是借箭的草船

10

想跟影子谈一回人生，影子跑了
只好跟自己交杯，像对影成双人

11

明月其实是孤悬的，它只是个印
只有那些诗句能够将它拽入尘世

12

磨了一阵墨，铺开纸张不想写字
只想画一块补丁弥补缺失的人间

13

有一份手札记录着那一天的美好
像一道深夜的光，在幽暗中醒来

14

我的河流继承着一个少年的意志
那时的潺潺,有我讲述的《三国志》

15

茶就是我的故人,俄顷悬壶寸断
我向每一根手指暗示,沁入旧肠

16

翻一本旧书,闻一身唐朝的味道
突然觉得我的行迹原来如此飘忽

17

你若不来,我该怎么去面对明日
星光再苍白,也是我昨天的姿势

18

有人说就要去看一出苟活的游戏
我只能避开自己,让眉心蜷曲着

19

掌心如雪,却能藏住十万座宇宙
我只能在挤满人间的甬道里悠游

20

没想到短语还能捏成这么多诗句
就像我看中了一片风云匆匆描过

2021 年 9 月 27 日

那个夜,谁在抵达乡愁

风有简史。苍茫有简史。夜也有简史
能对一支玫瑰说不吗?我只能去找隐喻
在发现那个夜之前,有一种乡愁
正在抵达我。沉静,如同一场治愈
南方,秋天的阳光夹在雨雾里
旷野里有一脉幻象,使土壤变厚
振振有词的故乡一定在等待我的消息
只有风,只有苍茫,甚至只有夜
把那一堆简史扔给我,让我再三读熟

乡愁是个瘾,更是个时间的隐喻
还没等我抵达,就过了秦汉唐宋元明清
我记得我的童年是一垛墙内的迷藏
如今已经鬓发花白,我需要一场哭泣
去接续少时在溪边为同伴讲的故事
我曾经对故乡的一株小草弯过三次腰
就为了一次乡愁,像鸟儿从我手上飞过

在故乡,我遇到的每一粒沙子都有思想
村嫂深奥的眼神都在表达一种信仰
然后给风一句证词,留在我常去的树林
祖先留下来的那些遗训还能记住吗?
于是,我在空洞里点燃一支凝固的烟
掰开手指,把一生碰到的石头盘点一遍

发现它们都比我活得长久，然而枯燥
我需要一场滋润，去喂养我的时间
故乡是我回不去的离开，尽管影影绰绰

那个夜，谁在抵达乡愁？幻象如此纯粹
我遇到一头特立独行的故乡的猪
在光亮里，它竖起耳朵听着我的诉说
对于乡愁，我比所有的孤独都更加清醒
我像混迹于茂密的杂草里的一颗石子
把春秋的全部姿态都告知故乡的方圆
这就算是抵达了吗？无论来还是去
我身上只有一样东西：记忆永远透明

2021 年 10 月 21 日

我在我的思想里找茬（十首）

我的超时空

一直等待午后的阴，结果还是没有阴
阴天是风暴的，是埋在空气里的神

于是，我在我的思想里找茬

只有悖谬在听从我的超时空
所有光芒都属于烈焰，刹那间永恒

谁在弄瓦

天空是蒙尘的剧情
一天一部，一群云在赶路

时间不过是个标记，没有哗哗
谁在弄瓦？损伤了欲望
当然也损伤了我的悸动
我说，风很拽，那个雨也很拽

所谓搁浅，就是把一滴雨搁在那儿
无论青苔落在青天还是瓶里

你还在弄瓦？但别弄醒我

倾听菖蒲

长自己的叶子，影影绰绰
我是她的局外人，只能倾听
只好自己给自己编造一座谎言

时间总是在逼迫时间，诱拐了茶
水越泡越冷，碎末纷飞

只好捻下一茎菖蒲，泡在壶里
突然听见茶杯里有耳语，枪声大作

夜非夜

跟我对饮的那个人，为什么不一饮而尽
他不是陌生人，他是我自己
就像夜非夜，只适合思想私奔

谁说酒就不是酒？只是处心积虑
复杂的液体，倒进我的意识里
就是醍醐灌顶

"卜算子"

某教授研究签占文化，鬼相信！
像仿生学，充斥着真实的谎言
问他：今天的烈日能反转吗？

我说：你帮我算一算吧
他给我一支"卜算子"，让我自己算

我把"卜算子"装进裤袋里
那里面还有一泡"百年孤独"
此时，就连罂粟也没有理由逃脱

世界空虚——这是我算过的

装

这个字"装"起来其实很难
就像我被押进夜里，乖乖入睡
睡梦里摸到一把康熙的泪
原来他写的那个字叫"福"

福是不能装的，它是我的丰腴
一遍一遍地拐弯，原来是"多福"
我把黑夜扔到一边，去听碎碎念

眼　镜

我的眼镜里有酒，经常醉醺醺
踏浪的目光迷离，甚至忧郁

没有眼镜的日子我的步履一定错乱
奔放不了，说话也唯唯诺诺
不敢蓦然回首，虽然那人就在

眼镜没有任何表情，一副端庄
即便我身体空洞，也要戴上它
因为只有它能目空一切，容忍空虚

诞生或者消失

这个命题很哲学,尼采瞥了我一眼
我说我是被你感化的一个物种
说完我就明亮了起来,不知所措

尼采说的诞生属于我,消失也属于我
像熟睡,只要不错过时辰就行

诞生是奇妙的,消失反而慌不择路
我给路过的一生打上弹幕
总是那几个字:你是你自己的王

转身一看

谁在喊我?转身一看,没有光
风已经卸妆了,我的语言被重新发现
只有流水钓着我一个人的孤独

我在小区的池水里看水
一枚落叶在那里漂浮,它也转身一看
它看到了我,就像山谷叫醒了鸟鸣

我思想里的一些词在翻来覆去
还找茬吗?一转身,一个词就崩了

风烛并不残年

我住过的那个夜是 G 弦上的咏叹调
带着冬妮娅的微凉,以及倒影

瓦片上的霜,像一根风烛飘摇
一切都悬而未决,语言和枝丫都还在
所以风烛并不残年,影子也不全是空的

远离叹息,才能去爱一个人
否则,风一起程,就什么也读不出

2022 年 1 月 24 日

只是诗，只是影子（十首）

高天，说你

午睡后，我洗了把脸
那个存在，就被海德格尔偷走
只剩下遗忘的风暴

把时间埋在空气里，滴答声没了

正要说你呢，高天
一些进入空旷的光芒，在跟踪我

九九不归一

《人世间》有大剧情
一边看，一边擦拭碎裂的镜子

夜间有雨，蛙鸣一直在剧透
我却在欲望的剧情里赶路
等待最后的九九归一
欲望损伤了夜晚，它不归一

夜晚不相信虚构，只相信躺平
我被故事搁浅在青天的瓶子里

我的目光被一列弹幕弄醒

南方有嘉木

嘉木是南方的一座谎言
我正在被她感动，频频灌醉
然后有饱嗝不断出入，撕开夜的缝

水壶一直含混地呼呼，语言不清
我只能倾听自己，不被诱拐

蝴蝶兰开得有些错乱
一个花蕊，突然跳进我的茶盅

春色如许

春色是一杯失眠的酒
一饮而不尽，磕磕碰碰走了一夜
我想到曾经的我

曾经的我是被酒涂抹的眼镜
是那一行未写完的诗
是那一根还在点燃的烟

春色如许，生命如许，滴答如许

把伤春折叠起来

门铃声像一道游弋的光
开门就是春光乍泄
吱呀一声，春就伤了一截

摸出一把罂粟，为春天找到理由

用一本书把伤春折叠起来
时空的乳沟逐渐丰腴

所有诺言都是诺亚方舟的母兽
一出口，舌尖就弄醒远山

什么是真实

月光其实是不可靠的
它会让我的诗变得苍白

雨丝也是不可靠的
它总是那么瘦骨嶙峋

只有风是真实的，无孔不入
无论洗劫还是扫荡
不是秋风辞，就是春风渡

读梵高的向日葵

辽阔和明亮总是最后的苍凉
就像太阳是永远的孤独

不拘泥于某种忧郁和悲伤
不要相信太阳能愈合皲裂的伤口
只要仰天一啸，就有向日葵收留你

善待自己，就是春暖花开

麦田里不见守望者

写下一个女人时，我想起了麦田

无论守望还是拾起麦穗
那副战栗的眼神，让人相信这是人间

风怎么说，总是那些陡峭之音
只有枝蔓能够倾听，然后爬上墙头
它守望着，却不见了另外的守望者

就像风将风吹向大地，水将水赶向远方
一切都有意义，一切都没有意义

雨霖铃

下雨时我总在等待倾听雨霖铃
一首古诗被默念，一个故事被说出薄霜

我是我自己的迷失者
以及杀戮自己的痴情的刺客
我像大海倾听自身的蓝那样
听完雨霖铃，就要去返乡

不远处的闽江已经很旧了
但我想起一个词：很久以前

读淝水之战

东晋王朝，生长出一个名垂青史的词——
淝水之战。楚国留下来的
还只是城墙下那朵野菊花吗？

历史不需要过多的注解

护城河总是流淌在最好的时辰
楚国和婴儿，脱下了最后一件僧衣
所有谶语都是为自己竖立的碑文

任何一个打开或打不开的故事
都有各种鸟儿在飞翔
以及失语般的默诵

           2022 年 3 月 19 日

出发时，
我喝了一杯存在主义咖啡（三首）

存在主义咖啡

我在读一本《存在主义咖啡馆》
像拖着一部重型卡车在跑
车里坐着萨特和波伏娃，以及阿伦特
还有胡塞尔、雅斯贝斯、加缪、梅洛-庞蒂
雷蒙·阿隆、卡西尔、克尔凯郭尔也来凑热闹
它们绝对是易燃易爆物，一点就着

出发时，我喝了一杯存在主义咖啡
生出一些风雨飘摇的缠绵，微醺中
我的步子迈得有些零乱
如同那一片喧闹的思想和交谈

我在雨中走过街角，寻找轶事
眼前冷不丁冒出一间咖啡馆
像瓠落的静止，有杯子朴素地碎裂

梅雨正在切割心情，风已经飘远
我在，但无人知晓我在星巴克

存在主义其实就是一群教授和牛肉面
一种杏子鸡尾酒（及其侍者）的哲学
铅笔裤，以及著名的黑色高领毛衣

还有烟斗,约翰·列侬戴的墨镜
乔伊斯说:存在主义,哦,多克

加缪的《局外人》是一个很流行的选择
但真正深刻"存在"的人瞧不起这本书
他们只抱法语版的萨特的《自由之路》

喝吧,存在。请你带走年老的炽热
离开左岸,离开虚空里一切的隐

下雨时,茶喝得很慢

茶在我的时间里,其实我喝得很慢
把一瓣蝴蝶兰置入茶器
我就见到存在主义者傲慢的眼神
像黑暗里翘角的麋鹿,在那里踯躅

那些雨丝,被他们的叫喊拉长
但依然是存在的神,以及存在的爵士
远处的光让我有些念远,也有些恍惚

我得体地坐着,想起他乡的暗夜
上海有个朋友问我:茶喝完了?
我说:不是完了,是结束一场存在
必须在黄昏到来之前结束茶局

哪一片花瓣让我的时间慢了下来
存在主义,在我体内每一个角落生长着
雨后的平静适合寻找那颗丢失的心

茶是我私人的一种约定
即便是暮色苍茫，也需要打开一个词
致敬我的别离，致敬水的温柔
还有藏在杯里的雷电、铁和盐

在巴黎花园看勒阿弗尔

巴黎出海口——勒阿弗尔港
《存在主义咖啡馆》说那是萨特的裤子
是塞得过满的坐垫上的感受
是女人躺下时乳房往身体里陷的样子
是拳击比赛、电影、爵士乐，或者
两个陌生人在路灯下见面的刺激

我透支了概念，算是有些明白存在主义
无论第二性、冷漠还是"恶之平庸"
都是一滴水与另一滴水的泅渡

我的思想和生活都在此岸

必须轻松下来，让自己意兴阑珊
就像壶里的水肆无忌惮地纷飞
无须压制，只要清冽和独自存在

在巴黎花园里，我回想勒阿弗尔
巴黎左岸没有曲折，只有几缕深邃
我是被事先安置的灵魂，收拾一场变奏
所有微晃的经验里都有我的存在

以及我的幽深，我的潜游的思想

提拉米苏提醒我不要把咖啡喝成告别
多年以后，我还会来回忆今天这场存在

2022 年 3 月 28 日

马路，在奔跑的深夜（三首）

奔跑的马路

车灯是光打出的喷嚏
尘埃飞舞，空气飞舞，黑夜飞舞

声音，一道被春天缝补的幕布

我从城市的深部走回来
上弦月不断懦弱，越变越旷远
我唯一能做的，就是把路灯收拢
交给这一座被宁静压低的呐喊

马路在我眼前奔跑、撒欢
我是被黑夜庇护的人
路原来那么痛，跑得那么深沉

一辆车感冒在高架桥

风无法叫醒一条深夜的马路
一辆车感冒了，抛锚在高架桥
车灯举着无力的光，涌向眼前的黑暗

夜晚有扑倒一座城的情不自禁和固执
此时，有谁在叙述星空与人的故事

眼前，光线是错误的，尘埃也是错误的
行道树在岁月的空格里落叶
那些牢固的叮当声，来自哪一座窍门

无法用任何手段去表达同情
我知道纯粹的等待需要纯粹的感受力

"等"就一个字，无论白天还是黑夜

做什么事都是从中间开始

农历三月，是我的阳历四月
其实，我做什么事都是从中间开始的

阿什贝利的诗就喜欢从中间开始

搜集一些梦的材料，我写了一本书
梦着的时候，我们将得到某种拯救
就像瞄准墙上那一个无法企及的标记

我的四月是一道保留若干精神的墙
在朦胧中，我看见自己的符码
思考着自己正在思考什么，像一个吻返回

我把一根指头放在书的某一页某一行
寻找一个新的角度，或者节点
内心经历的那些东西被扔进一个干净的罐子
然后对自己说：不同的栖息地就在五月

五月一定是中间的岁月
我做什么事都是从中间开始的

      2022年4月9日

走出那座大院（三首）

保安对我一笑

走出这个院子时，保安对我一笑
我跟保安实际上没有距离
就像一颗星星挨着另一颗

然而，没有距离的距离是不朽的

突然想起来，我们应该是两条鱼
并排游着，都紧盯着那一扇门
门有些残酷有些像不是什么存在

空间感也会带来一种不朽的隐忍
它的合理性在于不是敞开就是封闭

带走我的杯子

这个杯子，我用了二十多年
一个世界、两个世纪在那里晃动

潜伏着我的灵魂，走过十万次摆渡
它读懂我的语言，像我的另一个替身
冷热自知不过是啜出来的一种方向
我只顺从它的盖子，开或者合

我把它带走，喊它归于新的位置

那一道原始的呼吸,像已经确定的事

它有话语。它把但丁引进我的嘴边
我喝下一部《神曲》时,镜子就在眼前
照亮的还是前夜那一声摇晃的叮咛

形式主义的马路

一直在延伸,马路其实没有任何隐私
除了岔口,没有什么是可以躲避的

马路是形式主义者直白的表达
敲钟人鼓着鳄鱼的眼睛,咿咿呀呀
他敲不醒一座太阳,但有惊天的想法
那个圆球,为什么只照亮向日葵和孔雀

我踯躅在形式主义的马路上,一直脱发
其实我极其讨厌一种单调的表达方式
不是两三点,就是三两句忽悠人的话
声调高昂,最后变成乌鸦的嘶鸣

司徒雷登和华威先生都远远躲开了
滚到马路,接受的还是那一条形式主义

2022 年 4 月 21 日

深夜抽走我半宿的灵感（五首）

佛 系

佛系并不是我随时能遇到的
我只看到某个角落里有黑色的光

其他的任何想象都藏在宇宙的暗角
飘摇而过的，还是那一面湖水
一把小提琴把雨拉成了丝
谁还能佛系？还能为这个季节加冕

衣鲜马亮，终究盖不住额头的肤浅

蓝眼泪

海。一堆脱落的鳞片和鱼的鼓腮
也许只有舟楫能去掉水的遮蔽
世界，其实不在于对海的凝望和冥想

眼泪终究是浪花的寓言和哭泣

尽管蓝去吧，任何结构性的飘荡
都是浪的一种分身术以及投影

这个世界并不枯槁，至少还有影子
还有那种可疑的蓝和可疑的水的呼吸
为什么永远找不到第十五层浪峰

当你置身海中，才能找到某种拯救

茶的最后一道灰烬

一个杯盖掉地了，零碎的痛感
所有的呼吸和心跳，都变成一种移植

茶客说：要学会忍受，包括孤独
那是茶的最后一道如霜的灰烬

红尘总有应劫的一天，影子般脆弱

一片茶叶垂在我的目光低处
它是我那个不可遏止的预言吗？
不管怎样，它一定是我被打破的秩序
只有时间，能够滚过它的灰烬

猫　眼

猫眼其实是很诡异的，像止于黄昏
一道门的后面，眼神突然失忆

除了门内，无人知晓我的企图
不是因为隔绝，我才知道你今夜会来
我相信只有我自己是真实的
如同普朗克在找猫，谁是听风者

内心不过是一株草，钟磬般回响
门外有伞尖掷地，像敲在另一个时空

我终于打开门，门外空无一人

深夜抽走我半宿的灵感

在午夜的幽暗中醒来，谁是谁的梦
词语藏在我的体内，却发现自己是假的
梨花不带泪水，只有芭蕉深爱夜雨

落了半宿的灵感哪里去了？

抬头看了一眼墙上的睡莲
枯荷。无桨叶。春将尽……
幽暗继续包围着我，像一座孤岛

我的半宿的灵感被深夜抽走了
屋外的枇杷树还在沉睡

2022 年 5 月 1 日

在雨天里,我开始清澈

雨的法则,是我的一场行走以及觅见
沉重的肉身在时间里辨别苍茫
此时,没有人能够走出雨季的瞬间

岁月的钥匙已经卸下,必须重临生活
身后的炊烟不断雕琢我的骨骼
我要拄着哲学的拐杖,抱紧隐喻的猫
在深海之境敞开观念的门
让雨和海啸重返内心

思维的极地一定是我瑰丽的花园
然而,我必须在雨中感受易碎的意识
像雨丝那样从不逗留,一直在飞
一切的知识都会被思想的语词支取
人,只有在自省中才能看清美的磨损

我是一个虚无的狩猎者,遁入尘世
无论在雨前,还是在雨后
我都会独自划船穿过漆黑的水域
任何途经都是一种记忆,或者濒临
欲望的旗帜不只是本能的,也是幽深
我思想的群岛铺陈了内心的平静
一杯水被端起时,就写下奥德赛的第一行

雨水其实都长着博爱的眼睛

用羽翼撩拨土地的干渴和贫瘠
春夏之交的陨落，是风的舌头的闪失
在一本书中，我读到一只麋鹿在觅水
犹如幽林中的洞见，却不真实

在雨天里，我开始清澈
不是因为洗礼，而是沉溺
我和雨的融合其实都只是一种平面
必须反复修补各种震颤的词语以及碎片
如果所有黎明都能漫过失焦的灯盏
我会在极地的每个夜晚，让雨舔舐幽深

我认识的雨都在疲于赶路
我与深山共饮，将一亩渐红的罂粟浇透
当暮晚的钟声收起最后一抹灿烂
这首诗也在持久的泥泞中低鸣而出
像火中取栗，每一朵热烈都绽放在雨里

我是雨中那一朵没有回声的空白
让一段隐忍的河水褪去妆容，继续流淌
雨中的耐心还能触及精神废墟吗？
想起意志性的波伏娃，无法证悟荒诞
那个与麋鹿和解的房间，变成我的荒野
雨后那些阴稠的云朵，像抛向地面的符号
即将在深夜里缓慢地生长

今天，我无法摁住语言躁动的情绪
只能扔给雨，让它淋湿所有词的野心

2022 年 5 月 13 日

雨还在落，我向雨讨教（三首）

"十一月"读诗

睡在我上铺的兄弟叫"十一月"
他读我的诗，像听《广陵散》
一遍又一遍，向湖心不断散去
江湖深远，江湖不急着认领水草
只认得无垠，认得头顶飞起的风筝

"十一月"写过诗，现在他只看花
只喝茶，只在山色空蒙中听雨
他说雨天不清澈，人心晃动
我对他说，要等到十一月才会找到脸

这是能跟我讨论诗和短语的兄弟
我觉得他还睡在我上铺，伸出脑袋说诗
顺手扇了一把风，让我更加清澈

风是好风，就是诗太深奥，太不正经
"十一月"说：春光怎不明媚？又要夏天了
他撑了把戴望舒的伞，去了雨巷
他遇到那个丁香般的女孩了吗？

雨下好几天了，"十一月"有点着急
没有一点雨滴是他，或者属于他
他用一九七九年的口吻吹醒了一头牛

世间匆匆走过的,还是无边的世界吗?

在"十一月"的期待中,等待下一场雨
风依然吹来,依然是那张熟悉的脸

对视雨的眼睛

雨还在下,我该向谁讨教
每一滴我都能听见,好像夏天不远

为什么一滴雨就能让河水依旧流淌
要退回春天,就得认识一下往事
就像人活在红尘里,一半救赎,一半清算
雨水是良心和无辜的,是垂钓者的聆听
我在一条眼镜腿上看到湿漉漉的光
那是我的词语的鹤身,比风还轻

在和雨的对视中,我听到了教诲
听到湿漉漉的飘零的意义
这就够了,我的童话已经归来

歇在哪一层

一位朋友来取书,书很重
她告诉丈夫,等下要下来帮着提书
他说:你慢慢上来吧,在楼梯上停一停

"歇在哪一层?"——她河东狮吼
我似乎看到她扭曲和摆动着的肢体

"发火"这两个字怎么写？没人告诉我
尤其在这个雨天，难道真的要向雨讨教
要找到沉默的喉咙似乎并不容易
她把愤怒和雨滴一起挂上枝头

我的目光跟随着一滴雨，登上楼梯
风在拽她的衣角，雨水代替了她的嘟哝
我在想，此刻是交出午后还是落日

谁发明了这一阵雨？让我有所讨教
风不乱水不乱，管她歇在楼梯的哪一层
有雨在奔赴，你就是飞进风中的时辰

2022 年 5 月 14 日

细雨蒙蒙，抵达我身上的都是遇见

雨和雨之间，原来有很大的缝隙
漏光漏夜，它还漏了一些错过
轻轻地从那里面穿过，如同经过极地
美在滴水，美在磨损，美也在反复修补
我的寂静开始完整，灵魂开始低语

顺手抓一把蒙蒙细雨，雨就走偏
蔓延一路，也触碰不了第一千零一次相见
人生就是嶙峋的沟壑，没有过度的圆润
有些磕磕碰碰依然需要去磕碰
依然需要借山石和草木的鼻息去倾听

一切苦难和阴影都可以蜕变
都可以拯救自己于任何一道云烟
或者去看一场蒙蒙细雨，让阵痛飞过暗夜
遇见雨就是遇见爱情，就是奢侈的童话
若无雨，春风再十里，人生也是静弦之寞
所以我在我的梦里找雨
寻找庄生诸子轻如蝉翼的那道雨

细雨蒙蒙，抵达我身上的都是遇见
都是我的原乡和乡愁窈窕的身子

雨点不由人，雨丝不由根

汛沧沧，水影再长也是前朝的那片凭栏
有些雨原以为不能忘记，结果忘记了
因为岁月苍茫，因为流逝悄然
有些雨原以为可以忘记，结果忘不了
因为入地太深，因为刻骨铭心

我的诗终究是我屡屡不息的雨纹
指着不沉的夕阳，说出我的夜和我的轻
每一场细雨都不会是最后一场细雨
我喝我的茶，听着黑胶唱片一圈圈荡漾
扔一片薄荷叶，在茶汤里复刻散诞色
风住过的每座山脉，都有被我取走的神

细雨扶摇，数不清的往日如同寂寞的冷
我要爱上自己的想象，以及那一棵杨
能不能在树梢灌下小剂量的毒
我没有做到，但细雨做到了
还带来一片胭脂，让我重临岁月

我竖起衣领，甩甩衣袖，等待一个人
一个给我放毒的人。但我心里有一道烟
所以我不致爱丽丝，我先致雨

我的诞生是残缺的诞生，但信仰没有皱褶
等她来了时，我会告诉她——
我已经失去了一个前朝的女人
我们就不用月光取暖，只需相互静坐
也无须留下哪怕是一潭水的私语

在瑰丽花园中，像雨那样融合
那样翻阅经历，升起旗帜，重构悸动

神告诉我，任何疼痛的愈合都会有漩涡感
潮湿的利刃可以在雨中被舔舐，被融化
所以，每一滴雨都是我体内的幽深
细雨蒙蒙，抵达我身上的都是遇见

2022 年 5 月 22 日

夏日魔方（四首）

雨天的人群

在雨天，有三种人
一种撑伞
一种躲雨
一种奔跑
他们怀着同一种赶路的心情

撑伞的人，灵魂放逐在一小片留白里
躲雨的人，侥幸和焦急都在支取雨的经验
奔跑的人，唯一没被淋湿的只有眼神

此时没有局外人，也没有被雨指引的我
只有一种不安的泅渡，一种多余
因为雨已经下得很旧了，很旧很旧

2022 年 6 月 15 日

情景喜剧

编了一出情景喜剧，有人说
是我在梦中突发奇想的"神剧"

其实，我只是梦的行路者
但不是语义学家。我将梦切成几截
一截给偏正，一截给动宾，一截

留给了自己，像一朵云的魅惑
我并不知道梦的颜色，只是走着
云在天空漂移，我梦见一处紫竹院
那是情景喜剧袅娜的踪迹

我在黑暗中端起了一杯水
有光如同胭脂微微闪着，像语言
打开音响，就有巴赫的《管弦乐组曲》
我发现我的门是虚掩的，有音符跑进来
一切都在明暗之间，于是我
不在乎一些人，也不在乎一些事
只在乎离那个人的距离更近了

这个夏天开始温暖，开始接受谶语
窗外的路灯也开始涂抹锈迹斑斑的往事
我的梦像阳光那样散步，步伐有些乱
那是我进入事物的方式，一切都是未知之域
我在找回一座失踪的故事，树立我的玄学
我看见一条鱼开始怀念大海
开始领略眼泪，开始瞥望鸟的翅膀

情景喜剧终于在梦中编就
只够出演三十秒，一开始就出现了结局
我像一棵菩提树蹑足而行
把历史的所有变量重新估摸了一次
不让它尖叫，不让它滞留在不存在的地方

我的眼镜读懂了时间的碎片

我将它们扔进茶盏，浸泡住这个夜

风中起伏的，一定是黑夜的申辩

夏天的布鲁斯挥霍了一堆光线

我开始虚构道具，甚至虚构了一座城

天一亮，我就目睹潜入水里的云

所有的人都在最明亮的空气里奔跑着

我在梦中突发奇想的"神剧"

其实就是一出情景喜剧，拂钟无声那般

我删去了那些过度的明亮

将自己导入黑暗，导入草木葳蕤的思想

         2022 年 6 月 23 日

一根头发飞走了

一根头发飞走了，无影无踪

它藏在哪个黑暗之处，抵触明亮

毛发丢了，头顶就空出一个洞

它能牵制尘埃，能绊住窗外的蝴蝶

还能拍打空气，飞入眼帘

像狼居风中，惊魂发作般地跑着

我等待它引来一座风，赶走炎热

终于，我看见它飞舞了起来

在我面前，它就是一条神划过的痕

         2022 年 6 月 23 日

音乐魔方

"音乐是为一种感觉续命的"
说这话的时候,我正在看风起伏的弧度

眼前没有幻想马车,只有略带沙哑的女中音
那个落跑的公主哪里去了?只留下车辙
六月最后的胴体是你的,吐气若兰
音符就是词语的花籽,一粒粒撒入我的耳朵

搅拌一杯咖啡,像以前的雨滴在沸腾
有个人说:女人如果能经常忘掉老公
那将是至上绝美的境界,因为回忆是空的
只有健忘才是一件好玩的事儿

这又是一个落跑的公主,眼里有星辰
她在近于纯粹的思维里延伸光束
于是,我听到有些音符正在经过唱针
碎落一地,夏天的背影开始被雕琢

夏天其实就是一个魔方,被阳光分割
不再期待哲学的初夜会在哪里降落

音乐还在喋喋不休,我的感觉依然在驻足
一首诗写在午间,就有了丁香的记忆
古老的寓言是 G 大调奏鸣曲,早已经飞出
我多想和你一起分享内心的料峭
然后洄游梦里,在那一杯咖啡里深沉

一句话有可能让人永远，如同搅动山河
我怀揣我的生辰，听着音乐在递交一座远方

        2022 年 6 月 29 日

关于前些天的一些想法（五首）

谁在说薄凉

天还这么热，谁在说薄凉？
倚窗的那个女孩像一个突兀的词
她在肯定一种光，灵魂四周青苔半覆
其实那是泪，滴答地等待秋天
她有未完成的渴慕，在接纳书写

远山不墨，她已经交出灵魂
千秋之后天地还会弥合吗？

情感再多也是一堆细碎的沙
渴望归入大海，或者年月
那么就起身，在一个望海的楼顶
借虎骨泡出一杯美酒，装满薄凉
洗洗公元某一年的那一抹寒灰

找回一些东西

找回其实就是一场过错
有些东西已经失去，永远地失去

我忘记留下会议桌的一块姓名牌
它总是沉默，不会说出名字
有的名字会叮当作响，不断抬高自己
有的只能沉沦或者陷落，无声无息
名字和名字在一起总是纠结的

像是一种玩弄，嚼碎了送去招魂

不要太在意身上的什么羽毛
风最终会把它们一一剥落
能找回来的，还是自己的名字

山庄不呼啸了

带着一本《呼啸山庄》去山庄
山庄早就不呼啸了，只留给我一角窗子
云天在收取夏色，天渐渐变小
一只蜥蜴很忙碌地收拾蟋蟀的残肢
谁还在说：亮出你的舌苔或空空荡荡

鸢尾花藏在梦里，天涯和烟霭一起裸露
哪里才是无觅处？断垣上的藤蔓已枯
山庄是坚硬的，破碎的陶罐都能击石
其实不需要什么呼啸、什么回声
只要夜还在，风就不会那么凌乱

安静在一片破败的屋檐下
一个不朽的身体在说着这个长夏
谁发明了爱，并且加速时间的毁灭
这里没有柴可夫斯基，只有蝉鸣
那就足够了，足够听一整个午后

微醺其实是饱满的

天再长，也有微醺的时候
云朵其实是颠来倒去的，甚至疯疯癫癫
夏天听上去像是在打捞雨水的埋没

夏天适合喝酒，适合一场饱满的微醺
山如同喉结滚动而出的一个喟叹
只有河水是不醉的，长袖善舞
时间折来叠去，走不到李白的金樽跟前
那就解开自己的灵魂，将它喝干

老虎不嗅蔷薇了，只嗅那一钵翠绿的豌豆
顺流而下的日子，谁都无法确定自己
有时的确需要一点微醺，在天亮前感动
这世间任何记忆都是被救赎的，除了遗忘

明月并不是孤悬的

月亮四周都是夜的灵魂，但不是暗
囊萤映雪再光明，也是一堆备受奚落的心
只要一抬头，就知道苍茫原来也是错的

明月不是孤悬，也不是浮寄
它是藏在梦境最深处的一枚允诺
所谓兜兜转转，就是收拾所有闭着的眼睛
一颗沙粒就能击中一座天涯
因为天涯有时候比大地还要沉沦

天是一艘失路之舟，总有伤口在磨勒
夏天一直在邀请太阳，晒黑一群边塞诗人
落日如果不在长河之间，明月就是神
被它照亮的，一定是时间的背面

2022 年 8 月 26 日

散打的诗笺（五首）

出埃及记

那年，早晨。出埃及，飞去南非
我把所有想象力都用尽了
却始终没想起跨越非洲的感觉

非洲是我藏了多年的谜
旷野上有迁徙的芒草，盖住烈日
黑人姑娘木瓜般的乳房紧贴着大地
让空气更白，白如虚构的白露
坐在我边上的南非少女，一滴清泪飘落
像那个夏季里举起的渴望

出了埃及，有明亮的光照着她
阳光来自卡夫卡，也来自隐入的尘烟
我相信，她的胸怀里有不卑不亢的故事
还有来自阳光的那一滴垂泪的沉默

灵魂在摆渡

一次，我在乡间拾起一根麦穗
一滴露摇摇晃晃地从稻秆走到芒尖
我不禁心生寒气，脚底的风悄悄变硬
草木逐渐苍老，像波德莱尔的轻蔑

我嘴角上扬的那一刻，风都说了什么？

在人间，你身上的所有都属于狼性
即使你面对一面湖泊，倚着芦苇的冥想
也会变成身披暮色的男人，去
掳掠沿湖疾走的那个女人

这时我发现了灵魂，那是用来摆渡的
什么蒹葭苍苍，什么白露为霜
只要不死，你的生命就是可以承受的重

夜晚的疑虑

夜晚不是用来做梦的
是用来覆盖身体，掩埋视觉
昨晚我最后碰见的，居然还是夜

其实我和夜在夜里重逢
就像在深渊里长出幽灵的羽翼
我独自喝茶，喝到凌晨三点
杯里晃荡着自己的影子，对影二人

我开始产生疑虑，想起了《本草纲目》
想到一棵草死在一颗星的凝视之下
风告诉我：羊草，禾本科，多年生
此时夜正在脉脉而过，时间流向了时间
我继续读着鲁迅，墙角有夜痕闪烁

少女眼角的卷珠帘

他们说，再往前就会遇到一个少女
其实前面更前，烟雨中有一把小雨伞

与桂花一起浮在空气中

我一步上前，雨停了，少女也停了
她的眼角正在卷珠帘，脉络清晰
像含念的山水，也无风声也无晴
还需要一念千秋吗？对于她我只能临摹

与秋天无关，与小巷无关
甚至没有一纷一扰，我不过是过场
那么就让她留下一颦一笑，珠帘再卷
先醉倒了秋，再醉醒了我

徘徊的蚂蚁

蚂蚁是我午后猝不及防的奇遇
我跟它们隔着一个指尖的距离

此刻除了尘土，没有更低的事物
蚂蚁正在徘徊造势，缔结一种哲学
我希望从它们的队伍之间挤过去
连接一个远方的世界，它们是我的神

蚂蚁其实是大地无伴奏的平均律
是用来浮起尘世的，让卑微扬起生活
只要涉足，它们都会留下一路叙事
如同草丛里纵声的歌喉，低低就是语言
我一瓣一瓣数着脚印，顺手捡起一片树叶
跟着它们，走向下一个季节

2022年9月29日

美人迟暮是缓慢的执手

迟暮不是霞光退去，而是缓慢的执手
就像桥上遇见的那个人，被人爱过

想起了沉默，想起阳光在针尖的闪烁
任何沉默都是一场浩大的荒芜
树丛压弯动词，藤蔓夹着热情的罂粟花
如同量子时代那片纠缠的爱情
最后一片树叶一眨眼就枯坐在石头上
迟暮从不耀眼，总在收拾桐花和斜月

四十八年前家乡有一场民兵实弹演习
她五发五中，我搭建一座宏大的新闻
今天，它成了我生命中的回忆
跋涉星辰与玫瑰，在这个秋天里迟暮

一片灵魂就是一朵空空的浮云
只有迟暮可以独自疯长，可以浮动枝头
可以在眼眸里藏着深井一样的故事
如果把所有迟暮都诠释成爱
我就有一万次垂钓晚霞的冲动
斜阳只能系缆，缘只能在骨骼里生长
即使将生命熬成一枝干枯的枝丫
也还有新的"卡萨布兰卡"在心底飞溅

魂可以断在蓝桥，遗梦也可以留在廊桥
和弦的琴瑟最终一定是黄昏的耐心
美人迟暮就是人世间缓慢的执手
就是徐悲鸿笔下奔腾和咆哮的马

除了美人，还有什么暮光能让你停下？

2022 年 10 月 18 日

盘旋一个名字

即使在某一天,我用光了所有汉字
依然会在心底盘旋一个名字

那是一种喻体,不仅仅写在纸上
它带领我认识 1972 年开始寄来的霜叶
日子就像一峰骆驼,驮着翎羽的忧伤
那年的霜太薄,遮不住残月漏下的苍茫

深秋恰如一盏灯,把雁影照亮在天空
那些鸣叫的象形字,是霜冷长河的艳遇
山空水瘦也经不住一朵罂粟的蛊惑
没有邂逅,只有滴水微澜的相识
无论矜持还是羞涩,都无法推翻一种诱惑
一个名字的盘旋,高于一座青山的覆盖

情窦初开犹如石榴开花的念头
谁都不知道,霜什么时候才会降下来

那时,哪一朵风敢于追逐云朵、扑向水岸?
只有在那一页褶皱的蔷薇日记里
默默写上一个人的名字,交出诗与思
假如霜不来,风就遁入季节的空门——
时间的线径永远挣扎着不动的动词

任何往事都是一场截不断的旧梦
如今有谁还在诉说吗？只有神挥动手臂
让岁月交出向晚的闪烁以及相偎相依
感谢日历，不断掀开染白的生活
远山斑斓在暮色里，一个名字终于被擦亮

迟开的玫瑰刺出了一片罗裙天地
如同一个感叹词飘落，铺展一地真理
梵高的向日葵已经成熟，它没有鼓掌
那个盘旋的名字里，我在寻找一道隐秘

2022 年 10 月 25 日

洗洗睡吧，你还在等谁

突然想就点一根蜡烛，照亮眼前
谁被谁包围和拥戴？舍弃了一切光亮

夜间比白天似乎更疯狂，更具有领悟力
暗夜藏着内心的轰鸣，那是一片泥泞
世间伦理有时只适合旁观或者回溯
人无法评判一切，做一个无知者才是宁静
不要试图在路灯下拦截夜归的人
内心潮湿的那一面，只能忽略不能去翻腾

再惬意和浪漫的人生都会有错失
空旷乃至孤寂，一定有助于抵达远方
哪怕和一颗孤独的星星相对，也是漫谈
但思念之语总是指代不明，甚至不忍卒听
那么就亮出你的舌苔或空荡荡的怀抱
在"我"和"我们"之间自由切换及物动词

洗洗睡吧，你还在等谁？
一根蜡烛就足够照亮如大水宽阔的梦境
那里有热情的指引，还有爱人均匀的呼吸
明天，也许还会有我低矮的思想抵达
我们就在被暗夜包围的世界里，说说摩西
说说霜降季节里的清水、盐和满盈

2022 年 10 月 25 日

静夜偶记（五首）

楼下一双脚

站在三十四层楼上，眼睛举起手机
楼下一双脚，走过所有的声带
如晚秋的急雨，句读出午后的奔赴
窗户无端地轻咳一声，像是风的标点
任何的分别与重逢都是在裱褙情感
即使是余生里的一场尾音，也会猎猎
也会在这个信仰的时间里掌心化雪
依偎总是需要典仪，包括眼神互为镜像
那么就暂时告别昨夜以来尚浅的梦境
让裂帛之痛穿戴整齐，去致敬那一处烟尘
总有一天，风会追回那些迈出的脚印
拖动雨的鼠标，沿着云的羽翼再度走来

"神经病"的"三句半"

有人写诗，有人说那是"三句半"
其实"三句半"也是需要分行的
也是灵魂的一个宿主，一种言说
如果多年后，太阳照出了黑夜
月亮没有了呼吸，那些无法停顿的词句
就会把时间扔回到那个年代
"三句半"的神经已经错乱了一回
这一回，就连光线也是错乱的
初冬叫错了诗的诨名，韵脚散落四处

341

只有一枚落叶,记起尘土,以及灰

凌晨听闻犬吠

犬吠撕碎了一座夜幕,诗就迷了路
哪里可安居?只有蹉跎送来智慧
于是起身重刊日文,修订屋里的女人
女人也起身奶娃,男人辗转呼出语丝
那一刻,风不停倒出鞋里的沙子
沙子没有名字,也没有清晰可见的脚印
它知道犬吠只有一种稳稳当当的叫声
落在深夜的竹简里,守着钟点的灰烬
男人说,该去做早饭了,女人再次起身
打开灶膛,点燃初冬里的第一把火
于是,风有了秩序,旧梦有了新的灵魂

沉睡有时是无眠

像是假寐,精神出轨如同灵魂的出走
梦始终安逸,在史书里生死和轮回
为一场期待的遇见作铺垫,设置深意
在梦里,风可以折叠,水也可以折叠
漫过枝头是奢侈的,那是被撩过的体香
初冬的泥土卧在露珠上,睡意沉沉
没有理由不去相信这里已有一种停顿
不过是栖息,是前年的冷和去年的热
今年会更加纯粹和湿润,正好取个小名
无眠的沉睡其实更像无边的低徊
借此返回床笫,将那几声啜泣刮去

无聊的煽情

洗衣机声响巨大，越来越煽情
它无法感动到什么，有人说它很无聊
想把整座楼的衣服都漂洗成民间
站在阳台上数着它的节奏，像断句
如果火车撞击铁轨能够产生静电
这里的声带也可以复制出坚硬或者柔软
声音撞击声音，就像水在洗水，尘在洗尘
煽情和无聊其实都具有它们最初的和弦
但都属于甜腻的兜售，最终必定毁坏星辰
胭脂和云层没有性别，声音却有高低
当庖厨回归人间，便有一种明天的记忆
将无聊的煽情分解，重构出风的俗姓

2022 年 11 月 15 日

汉字谣

它们像鹅卵石,堆在河滩
溪草如同拼音字母,挂满风的絮语
我是拖着水痕穿行其中的游鱼
逐一辨认,悬停或者书写

它们有至深的隐秘,藏于内心
事物常常被虚构而溅出各色的水花
就像梦的开裂,潜水般低语

我的文字像鱼群匆匆赶路
偶尔有深刻的鸟鸣轻轻落下

汉字,是我今生今世的青鱼

如同羽翼剡向空气,汉字是夜里的凝固
我趁着夜色捡拾它们,古老而有形
任何文字都具有前世的阴性,仿若爱欲
只有汉字能够承担灵魂最后的救赎
它们都归于每一粒尘埃,让尘世变熟

我在河滩捡拾那些沉默,书写我的暗夜
像一匹垂下头颅的马,饮着思想的水
汉字是我最终的神,驻足在生命钟里

风吹着风，雨下着雨，时间的痛楚
总要被瞬间弥合，收入夜色的每一声啜饮

2022 年 12 月 12 日

迎 接

这两个字是虚伪的
像纸上的遗骸,无法燃烧

任何信仰都被打着领带
一切除了光,皆是遍体鳞伤的歌谣
夕阳只能抱住我的一根手指
弹不成曲子,最终是无声的跌落

某个夜晚梦见在崖底等待风
头顶布满轨迹,一闪一闪
这个时候也许可以找到虚空
我想告诉爱人,你认真地去睡吧

结果,迎接她的睡眠的
还是那一连串虚无的抖音

2023 年 1 月 11 日

今天的落日没有耀斑

眼神最终是用来落下的,就像落日
花朵也是,命运也是,你我的以后也是

因阳光而灿烂的事物里,其实没有斑斓
所有的耀眼都是羸弱,都是时间的纱帐
当晚风把蛙鸣送过江堤,野渡已经无舟了
我,一个少年老杨,开始说着乡村往事
开始瞩意溪岸边那一片美人蕉的妖娆
远处的山巅已经沉默,看不到落日的耀斑
一只钟磬在我身体里鸣响,释放着轮回

谁在唱《早安隆回》?轻捻傍晚的消瘦
想起那些含苞待放的枝头,比落日还灿烂
我相信任何静处的事物都有蜕变的可能
风是弥散,月亮是安生,只有我面影恍惚
任何一棵树的活,都是它们的存在主义
有时候我喜欢说说树,说说它的梢头
那是一个人智慧的顶点,寂寥然而飘逸

今天的落日没有耀斑,没有恍惚
我也根本不可能让它留下来
我更不可能知道它即将去了哪里
向风而行一定是快乐的,因为没有疑问
当然也没有比空还要空的白以及寥廓

就像一座山除了凝重和仰望,只有草木一堆
这样一想我就释然了,就不再空怀江南塞北
也不去想下雪的时候哪边的花会开

春天其实让我沉默成一株静寂的菖蒲
而只有沉默,才是我走进良夜的理由

2023 年 1 月 30 日

轻羽如烟（三首）

一整夜的雨，是我的薄凉

彼此的爱，只能抱，不能痛
一整夜的雨，带走最后的薄温
从门缝的空旷侵入，浩瀚而浑浊
时光是被那一声晚安漏出的
青灯退隐，留下不归客皲裂的故事
世界就这样把一身碎瓷交给春天
如果一定要让三月的山丘发育
就必须借助乳房，以及石头底下的风
镜像或许是孤独的，但绝不会陡然
你和我即使缄默不言，也会有光在反哺
雨，不是这个春天的哭，而是声声慢
是活在周遭的阿多尼斯或博尔赫斯
他们用雨点刻下夜里斑驳的故事
我的薄凉还是来了，像伸进岁月的手

谁又跟我说起厦门

厦门是我藏匿的第一百零一个梦
我要怎样去回忆那些月光的碎屑
如果没有乡愁，我的心就会被照进水深
那些挤挤挨挨的事物是我的零散记忆
它们有时刺痛我，让我远离一场梦
每天我像鱼一样醒来，去揭露身上的情事
突然，谁又跟我说起厦门

说起那个影响了一整个春天的隐秘
我不让任何人知道，那是我身上尖锐的鳍
在每一个春天，我都被雨丝垂钓着
钓起一百零一个梦，钓起落在光里的事物
厦门，我又回来了，推门而入
听着那些喋喋不休没有断句的往事
往事可以如烟，也可以不堪回首
但，这世间有些东西是不可敷衍的
比如爱，比如救赎，比如装进心里的雨

那晚，我跟风吵了一架

风一直敲打我的窗棂，像醉酒的女人
一把鼻涕一把泪地发泄，想回到风里
我说，你不是白天里遗落夜里找回的委屈
你只是我前世的一个章节，是来寻找我的
那么好吧，总有一刻你会理解我的
就像理解海德格尔深奥无比的哲学
风说，我空抱枝头虚度了一生
我说，你苏醒了一个我，抵达了一座雨
这个世界总有柔软的一面
一定会在某个转弯的须臾显露出来
我们的来路和去路都可能在瞬间消失
月亮无空门，心灵却有空山
喧嚣散尽，我们用一级级台阶目送
有时候我想倒掉身体里的一些烟
再去跟风谈谈爱情，谈谈那些厌倦的事

2023 年 3 月 29 日

浮过生命海（五首）

一

两只袖手，以噬骨的草莓之红
虚拟了一场菲菲。南方的小轩窗
还能装饰天空的哪一条深纹？

泪睫与群山一起逶迤，唇印
最终是命里的痕，有光和撕开的回声
还有灵魂的肖像以及滂沱的心
浮过前世今生，也浮过了生命海

眼波荡漾，能横渡一个世界的密语
颔首就勾住云朵，拖入岁月深处
提半个月亮，将回首拢在掌心
日子再瘦，也需要一场美丽的雨季

生命如花，耽于情怀的还是那道笑靥
一切都被神性供养，被疼痛命名
你触碰了你的灵魂，最终弹回来的
依然是你最初咬出来的那个词

在一个雨夜，照片像烈焰飞翔
青春有不同的角度，现在正值初夏

二

不一定要用旖旎来形容樱花
如同陌上花开，它只是一种荡漾
一种浮过生命海的姿势，甚至有点倾斜

看不见哪位女子缓缓而归
她们都在《诗经》的封面上流淌
任何迷离都是恍惚，以及飘忽

我记得春天是被青瓷般的雨关闭的
满架荼蘼已经开完，花瓣不恨东风了

三

总是想起提灯之人，可以让汉字
在孤独的词语里重逢，如同玫瑰纸

世间唯有草木能够长成杂乱的心
就像头顶流逝的星群，忽暗忽明
夜莺的经验其实是不可靠的
只有那双不眠的眼睛，在取悦这个夜

一生中有多少重量，能够晃动阳光
一转身，就是一座传奇
时间最终都是失重的，包括夜的话语权

那就放弃一些古朴的执着
哪怕丢失了一个词，也不要丢掉你的宿醉

四

这个季节我不读雪莱了,雪莱太轻
只有叶芝像苇丛里的一叶扁舟
无人也自横。无须唱白,一切如是我闻

没有什么可发生,也没有什么正在发生

故土是可以唤回的,往事也可以唤回
我体内有一种豢养的光
早就被回声提炼,喧哗出安静

每一个初夏,都有故事在皲裂
任何背景都要靠青灯去引渡
才能从容穿过这个夏天,望断八荒

五

在博尔赫斯的秘密花园里
我分享了一颗星辰,包括初夏的精灵

天空原来是很低的,一切都浮过生命海
入睡前我一定要编出雅典的故事
甚至安排柏拉图去见一回太阳
不能让蜜蜂永久地停留在他的嘴唇

这个初夏不着风和雨,也不去黄昏独自愁
谁在思想,谁就可能重新来过
祖先往往会从一句话中缓缓走来
朋友,我看见你泪落茶杯了

在那座城郭，已经找不到可折的柳枝了
此去山高水长，该喝的酒就喝干了吧
然后一别君叹，挥挥衣袖，留下声声慢

        2023 年 5 月 12 日

藤蔓一样的时光（五首）

嗅电脑的孩子

存在有时是荒诞的，甚至子虚乌有
那天中午，街上走来一位放学的孩子
四处瞅瞅、闻闻，眼神轻如词语
——他在嗅电脑。用身体里那种兴奋
等待鼠标指向他，引诱他变成一只猎豹
他的头脑藏着一个王，比谁都倨傲
鼻子正在修改一种莫名的程序
哪里传来一阵悸动的不甚合理的声音
像森林里的鸟鸣，被空气舔舐和刻画
他终于嗅到一万台正在解构初夏的电脑
于是飞奔而去，如同前世约好了的
他再一次嗅了嗅，留下两句折叠的执念
然后往那个有电脑的家的方向奔跑
风摔倒了，比一杯水倾泻得还快
一块石头准备说话，它裂开了一条缝

矿泉水变奏

记得每一次开会都喝的矿泉水
回到公寓，却把矿泉水倒进水壶
烧开了再喝。这种变奏让我心生迟疑
明明是把最简单的活拿去最复杂地做
但丁告诉我那一定是多余的
水的神曲只有一种可能性：喝或者不喝

喝了就是海，不喝了就是溜到沙滩的水滴
我犯了迷糊学，关好的门还要再关一次
给人打电话时还在摸着口袋找手机
我的思维貌似大开大合，其实是一片混沌
我在矿泉水里寻找开会的程序
结果被它淋了一身。认真地闻了一闻
似乎是我朋友从埃及带回来的香精
以及土耳其的玫瑰油，像未缴纳的词
我用矿泉水颠覆和稀释它们，结果水开了
一切都在沸腾，像是身体里那片钱塘的潮

茶之事

朋友在做茶礼品，要我写个"一叶同根"
茶是一门心事，是天地阴阳的元气
任何茶道都是从山道走到水道
养了一方水土，却把自己惆怅在杯盏中
一叶同根不过是一道道山和一道道水
那些不是叶的东西纷纷落下，剩下一棵茶
没有一树鸟鸣，只有被揉捻的茶青
以及烘焙出来的传说。一切都是絮絮叨叨
那一夜我收养一盒即将离场的月光
回到菊花台。一行八卦终于压弯我的诗句
风扶住我的掌心，我抓稳茶的终极秩序
把南方的嘉木卷成藤蔓一样的时光

南普陀寺的钟声

我在研究那种铜，应该是地道的亚洲铜
声音有它巨大的合理性，只能被熹微传送
诵经是为大地洗肺的，风是它的秘籍

只有偷溜出来的那几个尾音
才被我捕捉。清晨五老峰的那些影子
一定是用来泡酒的，醉人之前必须是撩人
必须是旖旎的欢喜事以及青瓷般的梦境
护法的手具有永恒的奥义，是众生的法则
世间没有谁能领导空气，只有这一口钟
一切都是大沧桑，集结在大乘和小乘之处
撞响的总是人世间那些至高无上的事

我很高兴

我的公寓隔壁住着一位牛津大学教授
某个早上他就坐在门前台阶上
像艾略特坐在荒原，沾着泰晤士河的雾
我跟他打了个招呼，他说他在思想
那张脸如同灯那样亮。突然他用汉语对我说——
我很高兴。我知道他是高兴的
他在沿着一缕光去接近一座大海
我有语言的隐疾，他不断地跟我说中文
人只有舌头是形式的，但回答不了某些诘问
他继续说"我很高兴"，继续重构他身后的门
不知道他是哪门学科的教授，海没有言语
他更像一只飞临极地的密涅瓦之鹰
不断消解上帝的虚无，以及渐渐老去的海
我很高兴——自我和洞见正在降临着他
他想支取思辨的经验，去定义一种存在之物
我轻轻地对他说：你是一位彼岸的狩猎者
他哈哈大笑，眼角陡然升起了两面旗帜

2023 年 5 月 23 日

蝉鸣是我用过的词

滴不完的声音,再洗一遍盛夏
未到悲秋,蝉鸣与枯叶齐飞
午后,在地上捡起一只掉落的词
如同一枚黑棋打到天元,让人深陷其中
美学是这个夏天最后一个单官
没有浓墨与留白,只有遗弃和重生

我的词迈不动江山
只能搬动世俗的泥沙
太阳有不屈的芒,刺激天空的记忆
这世上不是什么事情都需要宽恕
被宽恕的只有过去的伤痛和各自的秘密
于是我去找词,因为蝉鸣偷了我的词
蛙声偷了我的词,菲菲野草也是
词在哗哗作响,是我清绝的汉语和经验

任何词语都有一场倾圮的静止
就像蝉鸣替我们拥抱一个不安的人世
太阳还在成熟,天空剩下一片隐喻
那些幽室早已紧闭,千年还能复朝吗?
在独自的时光里不是陪伴就是离去
但所有词语的意义都可能重逢
可以将所有的光线省略,只听蝉鸣
只听那一场关于我的词语的生长

世相杂乱，唯有草木能够照亮人间
哪怕是一盏孤灯映着另一盏孤灯
都是"向来相送人，各自还其家"
雨点从白羊座而来，洒下一堆子集
明天的落日不能再多一次了
慢慢走开才能看清世界全部的重量

每一次转身都是一次出发，但不华丽
我是慵懒的，随时在设色自己
也许回不到旧日，那就留下一片苍茫之羽
即使像蝉鸣一经落下，无法回到枝条
也要将一线深浅不一的影子折回
保持身体在原野的那一层高度
裹挟住时间，留下事物划过的意义
或者以一场雨的方式，洗涤蝉鸣落下的词

2023 年 7 月 3 日

走 光

老板娘在小饭馆里有点走光
有人提示一下,她淡淡地说——
我不走光,客人就走光了

其实,走光就是一根线被扯断而已
正如可能不可靠,可靠不可能

每个人的命运都有陡峭的部分
因为无法拔出,就把它当作阴影
然后像废电杆那样,随地一插

活着就活着,为什么要拼命垒高自己
思想有时是徒劳的,心不倒就行

2023 年 7 月 7 日

收　拾

太阳收拾鸟声，树收拾蝉鸣
溪水一有落差，就淡定不了
只有山谷能收拾它们

一地鸡毛就交给风
闲言碎语就交给残墙和断瓦
收拾是收拾者的岁月
就像心情，总是被影子收纳

一块抹布被揉来揉去，从日出揉到日暮
这个小暑一半沧海一半云烟
尘土与残花，在等待越来越薄的凉

我有半个世纪的山河，渡来渡去
只把童年的那些糖块藏进裤兜

2023 年 7 月 7 日

那张纸,我只写过一行诗

我忽然觉得,一行诗趴在那张纸上
足足有十几个月了。我在那里写下的东西
不过是美人背上一道印痕而已

美人说痛,我说地平线一直在起伏

我是一个深夜写诗的人
用时间不断塑造造梦师和他的影子
语词在屋里徘徊,爬上我的皮肤

我多次推翻自我,服从轻薄
甚至背叛一席破败的没有做完的梦
阿里奥斯托问我:你哪来那么多故事?
我说我只会捕捉黑,尤其在白天

在某个梦的片段,我的脚趾被石子刮破
我开始考虑静止或潜行,或者裸露

我们来谈谈合适的永夜
再研究一下梦的整理术以及那面墙
每一块骨头都是缜密的思考
消耗我琐碎的话语,包括物和黑光
我的诗长在混沌的窗户,是门的颠覆

我想加入一种纯粹,像宝玉想加入生产队
地铁和真理一定是在一条线上
出地面之前,我想认真地颓唐一下
给老天一个吻,给树作一个揖

突然想起,那张纸那一行诗是否写完
因为我被岁月的尘埃狠狠痛击
我的弟子里没有一个像我如此荒芜
他们玩美学去了,坐在无穷的山林里

2023 年 7 月 13 日

等风来（外一首）

等待一场风
像一起涉过沼泽，等待去对岸
枝丫等待整理，鳞片等待脱落
山的皱褶等待抚平
我在等待响尾蛇般的鸣叫
从开始到高潮需要多长
在夜还不懂得孤独的时候，遇到
一位从未见过的人，浑身尽善
如同树木的戴罪之身
如此月黑风高，我允许你泪流满面
允许你有不可抑制的颓废
泡好的一杯茶，寂静等待寂静
等待一个需要转身的人
在你抚过的风里，有我蓬勃的向往
我几乎要忘记，在这个静静的夜
如何等待咆哮，等待一场风
请别在我背后虚晃一枪
今夜，所有的迷途都是己任
今夜所有与风有关的词
都将失去，都要摘下光辉
并且，都要横行一种从不喊疼的
石头的模样

2023 年 7 月 27 日

寂

这里，空有夜的"九间廊"
把一座水镇挑到门前
墨色逼近，找不到可折的柳枝
夏天的抄本重重叠叠
一个寂，就把夜洗得太干净
水不陪尘埃，愁不沾酒
到老朋友那里喝了九杯茶
时间就变得柔软而深刻
此刻，我不需要太多的真理
也不需要太多的承诺
更不需要太多的春秋遗梦
我只需要一双少时穿过的木屐
踩着坚硬也踩着曾经的苦难
我跨过那座"下马桥"，才发现
没有一个是我的烟月之远
即使远到呼吸，也只是沉入杯底的泡沫
人生其实不需要念远，只要寂
只要当下，只要轻轻闭上眼
就能抵达内心的岸

2023 年 7 月 27 日

什么在悄悄地开始（组诗）

开　始

将一段时间，递给这个初秋
在隐喻的猫身上歇脚，把月光用来取暖
高脚杯镀上期待，那里有一潭私语

没有一句凄惶的话，我只关心文字
命运的巨锚被压成重复的荒诞
思想一旦消解了水，世间就只剩下想象

什么在悄悄地开始？只留下一截望断
去触碰那些小于尘世之物，因为意识易碎
除了灵魂抚摸灵魂，任何洞见都不真实

声　音

牧神的午后，没有德彪西也没有小提琴
异乡蹉跎，弦上的栅栏尖锐
一扇虚无的门掩着，飘成一骑绝尘
让灵犀潜入，谁在喊一声"开始"

德彪西踩响一路寂寞
往事苍茫，躺在一颗星下面呼吸
当白色的音节跌落到 A 弦时
我想我该起身了，去看那片海

所谓命定就是没有终结的和弦
只有颤音锁在音域之外
不开花的果，枝叶一定是完整的
就像那一座声音，没有走远

静 水

语言的隐疾，就是努起一片微澜
我想从一种身体里取走流水
以及悄悄地开始又还没做完的梦
法则其实是脆弱的，只有拧开眼神
才能背负一些具象的重量

石头不辨死生，那些反复置换的表情
被呼吸掠夺，也被天平托起
任何代词都是一丸吞下静水的药
向着背后有光的夜，也向着疼
与一堵墙交换飘忽的重心

仰慕一个海，潮水不断后退
把姓氏一笔一画从沙的罅隙里挖出
那些附体的岁月，是我卸下的明日的细碎

锁 骨

把一曲骨节折出凌霄
所有惊艳就被拔出花事
珍藏了万丈光阴，藤蔓才把它挽住

如果飞雪有唇，一定会咬碎那阕小令

锁骨不会虚设笑容，只有轻轻颤动
才能将一段泅渡锁进酡颜

什么可以暗自生长，什么又在悄悄地开始
锁骨一直从肩头折回，那是命定的起锚
驶向下方的神秘，而任何触碰都是乱神的

为了一颗遗失的呼吸，它只陷入深沉
陷入幽密，也陷入一条委婉的曲

原　路

原路就是返回的开始，像缆绳悬挂
即便触礁，也纹丝不动
海正在脱缰，发出青铜的低鸣
锚是大海抓地的疼
等待途经、脱缰，或者断裂

拒绝初秋一定比拒绝盛夏还难
黄昏没有留白，暗门总是被叩响
即便是闪电，也要虚构出复杂的曲线
翅膀比花朵固执，乱云是语言的漩涡
一旦卷起地上的尘土，废墟就来了

顺着梦的苔藓，婉约可能会走失
褪去妆容的一切，原路在悄悄地开始
只存一念，就占用了我一生的才华

2023 年 9 月 19 日

远近书（组诗）

远

每个夜色都是悬念，没有井口也没有沙漏
远处的现实叠印出一张宿命的影像
就像陶潜和苏轼对饮，触到失色的内心
要么醉到南山，要么醉到月亮之上

如果秋空的雁阵没有回响
宁可不去掀动尘埃，也不去分辨远和近
季节总是一片被遗忘的叶子
时间不会带它回家，远方也不会歇息

有些光属于典籍，有些则属于旧梦
生命辽远，需要十万座太初或者创世
低眉不过是个小序，落在路途中
那些被收回的目光，都是久远的过往

走在林间，不要期待有涌动的海
在星光所能照到的地方，一定有行歌
弹拨远去的词汇，才能把宽怀拉满

近

轻轻扎向一块石头，那么近，我没有觉察
松针射向虚无，我却一箭穿心
秋天是我的偏执，是我撒出去的视野

哲学不会没顶，只会收罗荒谬、放逐不安
如果那座溪流能够容纳所有的想象
我愿意自己就是一片逼近的山
有仁者倚靠，尽管我的门扉渐老

我的针是一枚关于近的传说
正在说一个可有可无的故事，波澜不惊

我可以不要别人的江湖
只要自己的微尘，一切为了锦衣夜行
留一口气续命，再也不会有蹉跎
近水才是我眼睛里的辽阔，远离尘嚣
留下一种秩序或者暗示，再去趟水过河

远或者近

地平线的第一行，远了
边缘在喷薄，我看见一滴影，近了

霞的灶膛浑然而通透，视野浮动
一万个种族的膜拜扎成信仰
海，关闭了昨夜的最后一张床

雾是寂静的恩慈、群岛的发髻
特洛伊扔出海伦的第一张投名状
一个夜晚戴草帽的远行者，冲出近尘
爬向秋的发际线，张开一页太阳的历史

弥撒的竖琴拨响熹微，远或者近
奥德赛的帆托举一种热烈，投向深远
我突然觉得有大惑，让我向一个人走近

        2023 年 10 月 18 日

幽幽，或者倏忽一过（组诗）

为白天命名

白昼其实是空无一物的
只有山在彼此观望，彼此阅读
我究竟翻到了哪一页
阳光黏稠，蘸着许多乳名

前世的影子就是今生的名字
叫作"氤氲"，或者"洇"
老天的每一条缝隙都是醒着

此刻我想谈论一个未成形的词
它有最深的疼，以及被穿透的隐疾

所有的梦都是渺茫和飘渺的
白日里太多的犄角，像嘤嘤的偈语
就连天空都忘记如何变老
我们还在用名字招魂，救赎意义

谁在疼惜花笺上的名字
我不想提及时间，只想和它一起老去
老去了才知道时态的薄，然后轻轻放下

秋的事

风不会总是乍起，青雾不断聚形

聚形为我还是为他，都是凌空的面纱

秋就是一座渡口，像水底舒展的蓝
我在水面遇到那个失忆的人
他说秋正在超度他的遗骸，故土是他

其实，秋有一种秘密的速度
来不及言说，就有了皱褶和结痂

时间倏忽过去了多少年，往生塞窄
每一座秋都噙住瘦弱的人世
未命名的天空愈发盘桓，像骨架上的小楷
夏天的伤口还醒着，为什么不道破昨日

那好吧，说出了就是破
只能让秋天宿醉，醉到意义拉满
于是我的梦里有桨声慢捻，悠悠荡荡

尘埃一直在重返，却载不动任何誓词
秋从来不需要锻打，只需要眷顾

顾影的时候

自拍或美颜都是一种顾影
只有词语在缓行，在印证瞬间的永恒
那副眼神肢解了什么？像寒武纪的霜

突然发现，花瓣撒落了一片红舞鞋
薄雾和竹影一起呓语，美丽需要屏息

密不透风的罗衫架不住妖娆身段
神谕之光藏着太多的纹饰，侵入秋水
秋水如果会蜇人，天空就会被折断

有人在顾影，有人在看着倒影
轮回总是不着一字的独白
永恒其实最经不起时间的冲刷
一切最终都归于凝视，归于证悟

荣枯如此迅疾，即便顾影又能是什么？
不如给自己倒点酒，酩酊那个午后

恍惚海

海是浪花的演绎，比如，在厦门
但海总是恍惚，像卡夫卡说的——
我触及什么，什么就破碎

在厦门，我的血加快了速度
但还是无法跟上她的意义
所有的善在十月的夜晚悄悄地潜入
海依然在恍惚，在愈合，在沉迷
它沉迷的样子如同夜色暗下去

爱大海的人，不一定爱上这种恍惚
人与大海之间，必须有互为喻体的密码
那个子夜我想到这个问题，就想重归于海

我在看海的时候总是忘记自己

因为我一直是漏洞百出地活着
只有海告诉我：有时你需要一点恍惚

于是我去追求"明暗之间"，还是在厦门
我要把消失的身影从恍惚海里捞出

高铁的羽翼

从和谐号到复兴号——大地生出的羽翼
像风的舌头，让我一遍遍听见自己

一车厢的人，到站就失散，一堆无解的字
世界一再迟到，所有的记忆都在远方
我幽幽地飘忽在路成为路之前

时间不可能偿还路径，包括虚构
秋凉如水，历史的终结如时空加速
此刻，我必须赋予蜿蜒以恰当的隐喻

人群不过是浮光掠影，灌木丛有了思辨
语言在逃离期待，将所有回声都折成记忆
两根铁轨如同蛇信子，舔舐旷野和隧道
在彼此幽深里倾听词语生出的情绪

幽幽，或者倏忽一过——我额头的悸动
带着一滴风的野心，拨动意志的琴弦
那张车票最终成为我剩余的语言
经验滴落，但愿这一次不是错误的出发

2023 年 10 月 26 日

后　记

　　我的第三本诗集迟迟想不出书名，几位朋友贡献了不少的建议，觉得似可非可，模棱两可。终于有一天，突然一激灵，脑瓜里蹦出四个字："因光而来"，顿时豁然开朗。

　　那个时候，我见到了什么光吗？

　　光，到处都在的。那天，我不知道在哪里读到了一句诗，受到了极大的震动："因为阳光洒在他们身上／我才注意到了／阳光。"我们每个人都沐浴在无知无觉的阳光里，被动地接受到了什么？这是日常的诗意，无始无终。真正的现实，既是现实的，又是非现实的，就像出门那样，可能通往他人，也可能通往自身。卡夫卡说："出门即远行。"远行意味着抵达远方的土地，或者是一个无所不在的完好世界。

　　对于光的理解，我一直这样认为：所有被照亮的世界，永远是光的抵达，包括可能会拐弯的光——我的第一本诗集于是命名为《拐弯的光》。拐弯的光是什么光呢？那就是慧光。数年前，我主持过厦门大学哲学系一位居士的博士论文答辩，他的博士论文是研究佛学的。后来，他在朋友圈写下一句话："白日里，您或许可以忽视灯的重要；而有谁，能够阻止黑夜的到来？无常迅速，生死事大。慧光不启，何以心安！"即便是暗夜，照样有光在潜伏着——光线和黑暗相生相伴，相辅相成，必须是先有了黑暗然后才有光线。

诗本身就是一个通往自身与他人的旅程，是因光而来的旅程。前几日，有个诗歌公众号选用了我的几组诗，要我写个"诗观"之类的话。我写道："我觉得，诗人不需要什么诗观。诗观是虚的，只有诗本身是可能的。"诗其实不需要别的什么，只需要有光，有慧光。在伽达默尔的世界里，诗人所看到的世界，是一个"杂然共处"的世界，因为那里有光。

在确定了"因光而来"作为我的诗集名称之后，我从诗人和批评家敬文东那里得到了一种启示：我们的生活因为光的存在而富有意义，人也因为光的照耀而让所有的感官尤其是视觉得到充分展开。柏拉图将视觉视为哲学能够诞生的第一前提。埃马纽埃尔·列维纳斯则说："由于光的存在，世界才被给予我们，才能够被领会。"由此，在我看来，光不需要对话，它是"独语"的，是一道轨迹，在与"我"相遇的万事万物对话里，它才展现出最深远的意义。

博尔赫斯在《镜子》里写道：

上帝创造了夜间的时光，
用梦，用镜子，把它武装，
为了让人心里明白，
他自己不过是个反影，是个虚无。
因此，才那么使人害怕。

世界是被光照亮的，人也是被光照耀的；"夜间的时光"则是由上帝用梦和镜子制造出来的。上述二者，前者是现实的，后者是非现实的；前者是发现的，后者是虚构的——这就是光所赋予我们的二者并存和对称的语境。所以卡夫卡说："虚构比发现容易。把极其丰富多彩的现实表现出来，恐怕是世界上最困难的事情。种种样样的日常面孔像神秘的蝗群在人们身边掠过。"在这里面，一直有一种意味深长的东西在荡漾——具象与抽象、有限与无限、遥不可及与触手可及的光芒。我由此又想起了保罗·策兰那句著名的偈语式诗句："这个秋天将意味深长"。

　　在一个被"光"所赋能的世界里，我们每个人都是"因光而来"的，我们的诗的"独语"都可能如同秋天那样"意味深长"。吉尔伯特断言："诗是一种谎言"，他认为只有这样，真实才能被"说出"。这也是德加所说的："他不画／他看到的，他所画的／要能让人们看到／他拥有的事物。"诗人描绘的不是现实，而是想象，是虚构，是对现实的感觉——这种感觉无论是日常的世界，还是悬浮其上的更高的现实，甚至魔幻的——都不是诗人最终的现实。因为现实已经被"因光而来"的感觉打破、割裂、离散之后重新凝聚了，升华为高蹈的新的现实了。

　　话说回来，我们生活中的哪一样不是"因光而来"？"日出而作、日入而息"里有光，登泰山看日出里有光，峨眉山金顶看佛光也有光。就连我们看到的花和建筑也是有光的，甚至是"交替的"光。在厦门大学，凤凰花是有光的，它一直闪烁着一种明暗之间的色彩；厦大的建筑也是有光的，斜屋面、红瓦、拱门、圆柱、连廊和大台阶，都在明暗之间浮现出光来。美国著名建筑家路易斯·康说过一段话："一根立柱，无光。两根立柱之间，有光。古希腊建筑是一个无光、有光、无光、有光……不断交替的过程。做一根从墙上倾侧而出的柱子，让它谱出无光、有光、无光、有光的变奏：这是艺术家的奇迹。"在视觉中心主义者看来，光和影，总是在不动声色地记录着生命的一切。这种光与影的"不断交替"表明了一种节奏感，同时也表明了：唯有光，才算得上是"造物主所创造的第一种存在"。

2017年圣诞节，我来到澳大利亚塔斯马尼亚岛，那是南半球最南边的一块陆地，被称为"世界的尽头"。虽然距南极洲还有2500公里，但是它是南极科考的必经之地，而且在每年6月到9月夜间，不时有绚烂的极光出现。如果说那个时候我是"因光而来"，似乎并不确切，因为那时节一般没有极光；但我确乎是追寻着神学意义上的"光"踏上这片土地，我想去遇见那些我没有遇到过的有"光"的东西。

这本《因光而来》诗集由卫垒垒博士进行分类和整理，诗歌评论家、福建师范大学协和学院伍明春教授为本书作了序言，我感谢他们。同时，要感谢海峡文艺出版社社长、总编辑林滨先生的大力支持和责任编辑蓝铃松先生的精心编辑。他们给我带来了光亮。因此我确信——世间所有的相遇，都是"因光而来"。

杨健民

2024年5月28日于厦门大学

图书在版编目(CIP)数据

因光而来/杨健民著. — 福州:海峡文艺出版社,
2024.9
ISBN 978-7-5550-3836-8

Ⅰ. I227

中国国家版本馆 CIP 数据核字第 20240NX501 号

因光而来

杨健民　著	
出 版 人	林　滨
责任编辑	蓝铃松
助理编辑	吴飓茉
出版发行	海峡文艺出版社
经　　销	福建新华发行(集团)有限责任公司
社　　址	福州市东水路 76 号 14 层
发 行 部	0591－87536797
印　　刷	福建东南彩色印刷有限公司
厂　　址	福州市金山浦上工业区冠浦路 144 号
开　　本	720 毫米×1010 毫米　1/16
字　　数	230 千字
印　　张	24.75
版　　次	2024 年 9 月第 1 版
印　　次	2024 年 9 月第 1 次印刷
书　　号	ISBN 978-7-5550-3836-8
定　　价	80.00 元

如发现印装质量问题,请寄承印厂调换